2
Adventure of the Outlawed Tamer
with Beautiful Explorers.
Story by SkyFarm Illustration by Ookuma Nekosuke

ビレナやリリィを超える、
強力な悪魔！
ベル

神国の最高戦力、
〝竜殺し〟の騎士団長！
バロン

「にゃはは！　リントくんは
やっぱりすごい！」
「痛い痛い！　加減をしてくれ！」
抱きしめて振り回してくるビレナを振りほどこうとし
ながら伝えるが一向に力が弱まる気配はなかった。

脱法テイマーの成り上がり冒険譚
～Sランク美少女冒険者が俺の獣魔になってテイマす～
2
すかいふぁーむ
イラスト 大熊猫介

CONTENTS

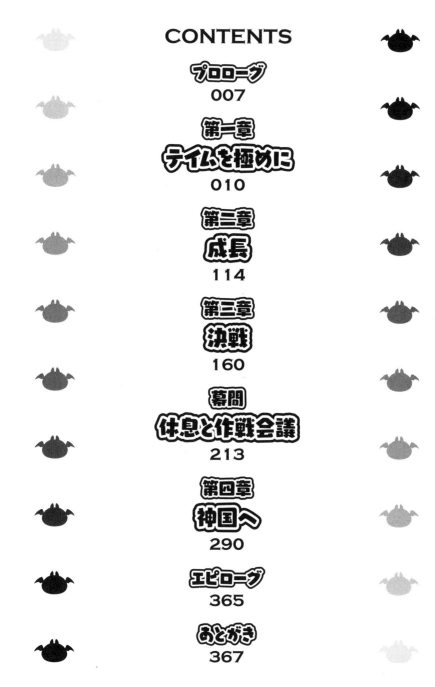

プロローグ

「こんな時間から誰が来たかと思えば……」

ギルの飛行音を聞きつけたのか、王都ギルドの玄関口にはギルドマスター、ヴィレントが姿を見せていた。

「にゃはは。おじゃましまーす！　連れてきたよ！」

ビレナが明るく言ってのける。

ヴィレントからすれば新情報も多いだろう。

教皇を捕らえ、リリィと合流し、シーケスと戦った。色々と話すことはあるが……。

「お久しぶりです。ヴィレント」

「お、おぉ……リリィか？」

「そうですよ」

その声を聞いた途端、ヴィレントが目を見開いて少し涙ぐむのが見えた。

「ああ……良かった……」

「何で泣いてるんですか」

リリィが柔らかくそう告げるのを見て、二人の関係が垣間見えた気がした。

リリィと合流し、強引ながらも色々と片付けて、ようやくの再会だ。

「リリィって多分、信頼できる大人がヴィレントしかいないと思うんだよね」

ビレナが小声で耳打ちしてくる。

「ヴィレントもヴィレントで、何というか、あの頃私たち家族みたいにしてたから」

「なるほど」

こうしてみても確かに、親子の再会のようなシーンだった。

涙ぐむヴィレント《父親》と、一見そっけなく対応しながらも優しい口調のリリィ《娘》、という構図だった。

「すまなかったな……」

「ふふ。何を言ってるんですか」

「わしにもう少し力があればなと……思うことも多かった」

「あれは仕方ないことです。聖女をどうこうできる力が王国のギルドマスターにあったりしたら、そっちのほうが問題じゃないですか」

「ああ……だが今、ようやく、少しくらいは役に立てると思うとな……」

目頭を押さえるヴィレント。二人の仲が垣間見えたところで、雰囲気を無視したビレナの一言が投下される。

「ま、そんなこと言ってる場合じゃないくらいヴィレントは苦労すると思うけど」

「は？」

「まずね！　これ、お願い」

「これ……？　おい⁉　まさかあれ……」

猿ぐつわを噛まされて簀巻きにされた教皇を見て唖然とするヴィレント。

「待て……お願いと言ったか？」

「うん。私たちこれからバロンを倒して神国まで行かないとだから、持っていけないじゃん？」

ビレナにしてみれば国家を代表する要人もちょっと面倒な荷物と同じ扱いだった。

「で、活動資金としてあの依頼の話だけど、これ持ってきたし大丈夫かな？」

「まあ……良かろう。とにかく場所が場所だな……移動するぞ」

ヴィレントが色々言いたげな表情で建物の中に入っていくのを俺たちは追いかける。

ヴィレントの皺の数がまた増えたような気もした。

第二章 テイムを極めに

「まずは当面の活動資金、か」

そう言いながら以前話していた通り、金貨百枚を取り出したヴィレント。まさか簀巻きにされた教皇が届けられるとは思ってなかっただろうが、目的は達成してるからな……。

それにしても金貨百枚ってもういくらかわからないな……。好きなもの食べて、好きなものを買い漁っても、使い切れる気がしない金額だった。

「して、わしが知っておいたほうが良い情報はあるかな？」

「うーん……」

考え込むビレナ。代わりにリリィがこう答えていた。

「そうですね……神国の勢力図に関わる話、ご主人さまの能力に関わる話、それに伴って、私たちの能力に関する話がありますが」

「ふむ……」

「私がほら、ツノが生えたのと一緒で、リリィが天使化できるようになったんだよね！」

「は……？」

ビレナが軽く伝えた内容に、ヴィレントが口を大きく開けて固まる。

「天使化によって禁忌とも言えるほどの聖魔法を手にしましたが、私たちは全員星の書に関わっていましたからね。もともとが禁忌の塊みたいなものです」

「軽く言ってくれるものだ……だが確かに、その書物にはそれだけの力があるだろう……」

星の書。

俺をテイマーにしてくれたスキル指南書だが、一般的な理論を無視した滅茶苦茶なことが書いてあるというのに、その書物に従っていけば規格外の力を手にすることができる謎の書物。

効果はビレナが拳闘士の書、リリィが回復士の書をそれぞれ持っていると言えばわかりやすいと思う。

「まあ良い。お主ら三人が異常な力を持っておることはもういまさらだ」

何かを諦めるようにヴィレントが天を仰ぐ。

「その話を詳しく聞きたい気持ちもあるが、まずは今回の件で必要なことを優先的にできれば良かろう。神国の勢力図、こちらが重要だな」

ヴィレントの言葉を受けてビレナが話を始めた。

「わかってた情報の確認みたいになっちゃうけど、神国はやっぱり枢機卿《すうききょう》のキラエムがクーデターに成功して、教皇とリリィを追ってたっていう予想通りの展開だったよ」

概ねヴィレントも予想はしていた話ではある。

神国では教皇ザウスルと枢機卿キラエムによる争いが起こり、その混乱に乗じて聖女であるリリィが王国内にやってきた。聖女であるリリィは教皇派として見られているが、本人はもう俺たちと協力して第三勢力として動くことを決めている。

教皇からしたら二回もクーデターに遭ったようなもんだろう。

「キラエムは神国内での決戦を想定しています。なので、一度こうして王国内に逃げ込んでしまえば、こちらが準備を整える時間は作れます」

「国内の有力な協力者は多分、ビハイド辺境伯くらいだし、王国内で下手な動きはしないよね」

「あとはシーケスですが、指示なしで動けるタイプではありませんし、今の状況下で気にするほどのことはないでしょう」

「シーケス……？」

ヴィレントが聞いてくる。

「教皇子飼いの暗殺者って話だった。俺が戦ったんだけど、逃げられたんだ」

「ふむ……。リリィが言うならそうと考えて動いて良かろう」

「ランクでいえばAランク相当ですし、大した問題ではありません」

Aランクって一応人外認定されるようなレベルなんだけど……二人からすればそうなるか……。

「であれば問題は滅龍《めつりゅう》騎士団……いやバロンか」

「そうなります」

バロン――

神国唯一の軍事組織、滅龍騎士団の団長。冒険者ではないもののSランク級か、それを超える実力をもつと名高い騎士。

キラエムが神国から出てこないとなると、現状の敵対勢力はバロン率いる滅龍騎士団だけ。そして滅龍騎士団そのものの戦闘力は低く、問題になるのはバロン個人。

「ここで転がっておる教皇を求めてやってくるというわけか」

ヴィレントが言う。

そうだった、ヴィレントはまだ、バロンを教皇派としてカウントしているんだったな。

リリィ同様、当初は確かに教皇の手札という予想だったが……。

「バロンは枢機卿派だって」

「何……？」

ビレナの言葉にヴィレントが固まる。そのままぎこちない動きでリリィを見た。

「おそらく、ですが」

「そうか……。リリィがそう言うのであれば、そうなのだろう……」

「ま、教皇についてようが枢機卿についてようが、どのみちバロンは倒すからいいんだけどね」

ビレナは相変わらずだった。

というか……。

「戦うのは、俺なんだろ？」

「もちろんっ！」

ヴィレントのせいでそうなったとはいえ、俺ももう覚悟は決めている。

「まあ、そう考えるならむしろ好都合かもしれんな……」

バロンが当初の公表通り教皇派だとすれば本当に三つ巴になっていたし、それよりはシンプルでいい。

そして何より、教皇のために動かないでくれるなら、時間的な余裕も作れるわけだ。戦いに向けて気合いを入れたキュルケを撫でながら話に加わる。

「バロンってSランク級の力を持ってるらしいけど……戦うならもう少し情報が欲しいな」

ビレナもリリィも乗り気になってしまっている以上、避けようがないことはわかっている。

だったらやれることをやろう。

「おっ。リントくんもやる気になったね！」

「ならなくても戦うことになりそうだし……」

「にゃはは。バロンのことはリリィから教えてもらえるかな！」

ビレナに振られてリリィが話を始める。

「バロンについてですが……主な武器は斧。二つくらいは技がわかります」

「お、良かったね！　リントくん！」

斧を使う全身鎧の騎士であり、その鎧の防御力と斧による重い一撃は、竜ですら寄せ付けなかったらしい。

「一つ目の技は単純な斧による切り返しです。対人であれば初手でこれを防ぐのは難しいかと思います」

「そうなのか」

切り返しはシンプルな技だ。

Sランクの使い手ならもっと大技が出てくるかと思ったんだが……。

「ふふ、リントくん、イメージしてみて。自分の身体より大きい斧が、振り下ろされた次の瞬間に下から斬りかかってくるんだよ？」

「あっ……」

実際に脳内にその様子を思い浮かべると確かに、これほどの脅威はない。

「ありえないと思ったことに、身体はついてこない」

「バロンは二撃目のほうが速いですからね。なおさらです」

これは確かに、聞いておいて助かった。

「もう一つのほうがイメージしやすい大技でしょうね。地龍と呼ばれていますが、文字通り振り下ろした斧の衝撃が竜の形をして襲いかかってきます」

Sランク級らしい、人智を超えた攻撃だった。

ビレナの衝撃波よりもビジョンが浮かびやすいかもしれない。斧から放たれるとなれば、威力も相当なものだろう。

「対処法は……」

「うーん……純粋な地力《じりき》をつけるのはもちろんですが、距離が開いても油断しないことが大切ですね」

その言葉に少しだけ安心する。

地力をつける時間はどうやら、作れる口ぶりだったから。まあそりゃそうだ。いくら多少強くなったとはいえ、今のままでSランク級の敵と戦えるとは思えない。Sランクはビレナやリリィと同じなんだから。

「リリィ、今のリント殿がバロンと戦ったときの勝率はどの程度と見る？」

ヴィレントが口を挟む。

「そうですね……正確なことはわかりませんが、七割くらいは」

「七割も⁉」

「はい。結構正確な数字だと思いますよ？」

リリィの言葉にビレナも同意する。

「そうだねー。ただこれは犠牲を考えないで計算したとき、だよね？」

「はい」

ビレナとリリィには共通認識があるようだった。

「キュルケちゃん、カゲロウちゃん、あとギルちゃんも自由に動いてもらったとして、勝つには勝つけどリントくんと誰かが死んじゃうことを計算して、七割かな」

え、死ぬのか……俺。

冷静に考えると死ぬのは俺と……キュルケかな？

「SランクのカゲロウとA+のギルの力でごり押せば勝てるけど、その場合俺とキュルケが死ぬってことか？」

「きゅー！」

キュルケが抗議するように声をあげる。仕方ないだろう？　こん中じゃ俺とお前が一番弱いだろうに。

「キュルケちゃんは九割生き残るよ！」

「え、そうなの？」

まじまじとキュルケを見る。どことなく誇らしげなドヤ顔を向けられる。

「カゲロウちゃんの攻撃も弾き返してたんだから、バロンの攻撃も弾けるはず。でも攻撃力があるわけじゃないから、多分バロンは途中から放置して戦うと思うんだよね」

「なるほどなぁ……」

強いんだか弱いんだか……いやSランク級の攻撃を受けて弾き飛ばせるんだから強いのは強いんだ

ろうけどな……。

「ギルちゃんは逃げれば生き残れるけど、多分リントくんが死んだら怒り狂って戦っちゃうと思う」

「カゲロウちゃんは単体で互角ですから、そうひどいことにはならないでしょうけど、周りの被害を考えているうちはバロンに致命的なダメージは与えられませんからね」

「というわけで、勝率は七割だけどリントくんはほとんど死ぬ！」

「だめじゃん！」

それを勝率と言い切るのはいっそ清々《すがすが》しいけどな。

「大丈夫ですよ？　一回や二回死んでも私が治しますから」

「嫌だよ死にたくないよ……」

何で殺される前提の相手に立ち向かわないといけないんだ……。ビレナにリリィと、十分に戦力は揃っているというのに。

「そうなるだろうとは思うてな……二人とも、リント殿が強くなることに異論はなかろう？」

「もちろん！」

「そうですね」

「バロンは死にものぐるいで教皇やお主らを追いかけているというわけでもあるまい。枢機卿とつながっておるのだとすればなおさらだ。猶予がある。そこでだ。今の王都ギルドのクエストをいくつか持ってきた。これをこなしながらまず二人がリント殿を鍛えよ」

そう言いながらヴィレントがいくつかの依頼書を机に広げた。

「Bランク向けまでですね」

「まだお主らはパーティーランクではCだからな。今回の依頼、報酬は先払いしたものの流石に公表してランクを上げるには早い。それにこれ以上は不要であろう」

いわく、Bランクくらいまでの話であれば依頼の達成のためではなく、人の成長のために使いやすいということだった。

「なるほど！　流石ヴィレント、いいチョイス！」

「誰がお主らを育てたと思うておる……」

そう聞くと何というか、ここで選んでくれたクエストたちが輝いて見えるな。

「そう言いながらいくつかギルドの面倒ごとを押し付けるようなクエストもありますけどね」

「ぐっ……」

リリィの指摘にたじろぐヴィレント。

「まぁ、だいたいはほんとにご主人さまの特訓に良さそうなので残りはついでに処理しますが」

「すまんな」

「こっちは実績にもなるし、まあいいよね」

「特別依頼でBランク、この依頼でAランク、とはいかずとも近づくといったところでしょうか」

「そうだの」

リリィの言葉にヴィレントが頷く。

パッと見てわかるのは流石だなぁと思いながら俺も覗いていく。上位向けの依頼なんてしっかり見たことがないからな。

「灼熱蟻の女王の捕獲……？　こっちは剥製用の氷狼の納品……ただ倒せばいいってわけじゃないってことか」

「ぴんぽーん！『精霊憑依』の精度があがればリントくんも生きてバロンに挑めるからねっ！」

それはありがたい……というか普通死ぬ前提で作戦なんて考えないし、考えないでほしいんだが……。まあそれはそうとして気になったことを聞いてみる。

「もしかして、俺が思ってるより猶予がある……？」

多少の猶予ができたと言っても数日中かと思っていたが、この分だと数十日単位で時間が取れるかもしれない。

「むしろそれはこちらで決められるであろうな。ここからクエストのために飛び回るお主らを、バロンが探し回ることになるのだから」

「そうそう！　必要になったら呼びつけるくらいできちゃうからね！」

「なるほど……」

「とはいえ、神国の情勢も気になりますし、ご主人さまには二十日程度で強くなっていただく必要はあります」

二十日か……。

それならクエストも回りきれるだろう。

「その間に神国周りの情報は国とも共有しておく」

「お願いします。表向きにはまだ我々は到着していないということで」

「そこはおそらく国もそう考えるであろう」

聖女は王国貴族にとって重要な政治の道具だ。

聖女と面会したという事実だけで、周りの諸侯から一目置かれるほどである。

公爵や辺境伯クラスでも聖女との面会を求める状況なので、入国しているとなれば全く無視するわけにもいかないということだった。なので聖女も教皇もまだこちらには着いていない、という設定にする。

「ふふ。これまでのように教皇に押し付けられるままに挨拶回りに行かされることがないと思うと、快適ですね」

「今まではどうしてたんだ？」

「出不精な教皇に代わって言われるがままに……」

「教皇は出てなかったのか」

「国王相手でないと出る気がなかったようですね」

「なるほどなぁ」

まぁ、立場的にはそれでもいいのか？　一貴族の相手などしないということだろう。

改めてとんでもない相手とやり取りしてるんだなと思う。実感がないのが救いだった。

「クエストが終わったら一度来るといい」

「はーい」

「二十日でSランクと戦う……か」

頭の中で、状況を整理する。最終的な目標はゴタゴタする神国を、キラエムを倒して治めること。

これについてはもう、規模が大きくて実感がないが、戦闘に関しては死活問題だ。

ある意味前哨戦と言えるバロンとの衝突は、俺がやるわけだから。

「大丈夫だよ、リントくんは強くなるから！」

「きゅー！」

キュルケのほうが頼りがいがあるくらいだな……。

「主人がこれじゃ、格好がつかないか」

「良い目をするようになったではないか」

ヴィレントが俺を見てそう言う。元はと言えばヴィレントがビレナをけしかけたせいで戦う羽目になったんだが……まあもういまさらそこはいいだろう。

「気合い入れたのはいいものの、何からすればいいかがちょっと見えてないんだけどな……」

そうつぶやく俺に、リリィが手を差し伸べる。

「ご主人さまのやる気さえあれば、二十日でバロンを倒すことは問題ないですよ」

「そうそう。リントくんは足りないところがわかりやすいから、すぐ強くなっちゃうよ！」

「ええ、羨ましいことに」

二人と比べればそりゃあ伸び代みたいなものはあるんだろう。

「足りないところ……星の書を読んだときの俺じゃ気づけなかったことがあったかもしれないし、もう一度見たい」

「そうだね。リントくんがテイマーとして成長すれば、それがそのまま一緒に戦う子たちの力になるし」

「きゅー」

ビレナに撫でられたキュルケが甘えるように鳴く。

「あとは装備ですね。相手も最高級の鎧で全身を包んでいますし、ご主人さまにも相応の装備を選ばなくては」

「装備か……」

「せっかくまとまったお金も入ったし、これは全部リントくんの装備に回すつもりだったしね」

「これ……？」

ビレナが持つのはさっきヴィレントに渡された金貨の詰まった革袋だ。

金貨百枚を……全部……？

ついていけなくなった俺を置き去りにヴィレントがこんなことを言う。

「ああ、そういえばリント殿はこちらに来て以降もそのままか……どれ、少し待っておれ」

奥に引っ込んでいったヴィレントと入れ替わるように、ビレナが声をかけてくる。

「テイマーの装備ってどんな感じがいいんだろうね？　今のリントくんは普通の冒険者って感じだけど……」

ビレナの言う通り今の俺の装備は装備というより動きやすい服なだけだった。あとは一応腰に汎用ナイフは挿しているが、最近使ってないくらいだ。

「星の書に薦められてた装備は、どちらかというと魔術師寄りだったな」

「魔術師かー！」

ローブを身に纏い、杖を持った後衛装備。自分は移動を含めてすべて従魔に任せ、テイムの能力に影響を与える素材に身を包んでいた。

「私の持つ星の書では三段階、成長に合わせた装備が薦められていましたが、ご主人さまもそうでしたか？」

「三段階……？」

リリィの言葉に記憶を手繰り寄せようとするが、もう思い出せない。ただ……。

「もしかしたら、足りなかったページにあったかもしれない」

「そうだよね。リントくんが後衛じゃもったいないし」

「とはいえ、魔術師に関連する装備が役に立つのは事実なんでしょう。それならヴィレントが持ってくるものも、役に立つかもしれませんね」

リリィがそう言うと、ちょうど良くヴィレントが戻ってくる。

「待たせたかの？」

「これは……」

「わしの現役時代のローブだが、身につけるだけで諸々《もろもろ》の加護がつく。あとはまぁあれだ」

ニヤリと笑ってヴィレントが続けた。

「ローブはかっこいい」

「確かに……！」

ろくな装備を揃えてなかった俺が一気にいっぱしの冒険者に見える不思議な感覚だった。

ローブは後衛装備の印象が強いが、これは動きやすさを阻害しない作りになっていて、今まで通りカゲロウを憑依して動いても問題なさそうだ。

「王都で探してもこんなにいいのは今出てこないよね」

「そうであろうな。現役時代の最後に使ったものだ。性能は保証する」

「そんな貴重なものを？」

ヴィレントも元Sランク冒険者だ。それが最後まで愛用した装備だとすれば、これに勝るものなどないだろう。

「渡された金貨より重みがあるかもしれませんね」

リリィの言葉を受けて受け取ったローブを持っているのが恐ろしくなったが……。

「良い。足りんかった情報料と思えば安いものだ」

「そうですね。これからこの情報をもとに動く規模を考えれば、まだ足りないくらいですから」

リリィは割と辛辣《しんらつ》だった。

とはいえ物が良いことは俺でも触っただけでわかる。ローブには今までも憧れはあったが、ほとんどがただの飾りだ。ただの飾りをわざわざ買って身につけるのは躊躇《ため》らわれたが、これはそういったお飾りとは違う。

「良かったね、リントくん」

「ああ、ありがとう」

「何、倉庫で眠っておるよりは良かろうて」

「あとはブーツとか、細かい道具とか……剣、いる？」

「んー、どちらかと言うと戦闘用じゃなく森を歩くときと解体用だからなぁ、これはこれで便利だし」

ナイフだけは安物ながら多機能の便利なのを持っていたし、そこに不満はない。

「ま、いいや。適当に買って収納袋に入れとけばいいんだし。いっぱい買っちゃおー」

「え、いっぱいはいらな――」

「ローブに見合う装備で全身揃えましょう、着回しができるくらい」

リリィもノリノリだった。こうなった二人を止める術は俺にない。

とりあえずヴィレントにこの周辺の武具屋や道具屋の情報を貰って出ることになった。

◇

ビレナもリリィも有名人なので正体がバレないよう、フードをかぶっている。そもそも王都にいることがバレるとまずいリリィは、顔まで魔法でいじっていた。聖魔法って便利だなと改めて実感する。

まあそんなことはローブを身につけたことでテンションが上がった今の俺には些細な問題なんだけど。

「リントくん、嬉しそう」

「そうですね。微笑ましいです」

二人が何と言おうと気にならない。うんうん。これだ！　ただの飾りじゃなく、機能性もあってかっこいい。しかも性能が抜群にいい。物も良い。

「こっちだっけ？」

「そうですね。魔法があるとはいえ近くで見られれば意味がないので、できるだけ人通りを避けたいです」

二人に言われるがままに道を歩く。ショートカット兼人気《ひとけ》を避けるために選んだルートは、いわゆるスラム街だった。

王都の闇。だがどんな都市にもこれは避けられない問題だし、こちらはこちらのルールで治安を維持している。ま、俺たちには関係ないし、通り道にするくらいで文句は言わないだろう。

ローブがなびく度に顔がほころんだ。

ただまあ、この通りにふさわしい人間というのもやはり、出会ってしまうものだった。ガラの悪そうな大男二人組に絡まれてしまった。

「おお、兄ちゃん。いいもん持っとるやないか」

「だろー？」

おっとついうっかり普通に返してしまった。

求めていた反応と違ったようで固まる二人の大男。一応めげずに続けてきた。

「ちょっと貸してくれや」

「いやー、今貰ったばっかだからなぁ……」

「つべこべ言わずに寄越せってことだよ！　ぎゃはは！」

後ろにいた顔によくわからない模様を描いた男が、笑いながらローブに手をかけようと伸ばしてそう言った。

上機嫌な俺でも、ローブに触れるのを許すつもりはない。

「キュルケ」

「きゅきゅー！」

「お？　何だ何だ可愛い魔物連れちゃってさ。今日はそのローブだけで勘弁してやるからさっさと」

「やれ」

「ぎゃふっ！」

「は……？」

キュルケの体当たりが笑ってたほうのみぞおちにクリーンヒットして男は倒れ込んだ。

「いやいや、え？　これ死んでねえか？」

「死んではないから……そいつを連れて帰ってくれればもういいよ」

「くっ……なんだてめぇ……何者だ！」

「別に何者でもないよ、俺は」

「このまま終わらせるわけには――」

「終わっといたほうがいいと思うけど……」

今まで後ろで大人しくしていたビレナがすっと前に出てきた。リリィは後ろに控えたまま出てくる様子はない。まあややこしいことになるしそのほうがいいよな。

姿を現したのがビレナだけでも、十分な効果をもたらした。

「てめぇは一体……いや待て……猫の獣人と……獣を携えた……まさかあの⁉」

「にゃはは。有名人だね私たち」

「そうなの？」

「すみませんでした！　まさかドラゴンテイマーのリントさんたちとは知らず……あの、ローブ、すげー似合ってます。えへへ……そいじゃ、このへんで失礼させてもらいます！」

そう言うと男は倒れてる仲間を連れて慌てた様子で駆け出していった。

「ご主人さま、もう王都では有名なんですね」

「いや……たまたまだろ？」

「んー、少なくとも冒険者してる人たちからすれば有名人かもね？　私のときもCランククらいから色々来始めたよ。パーティーだけじゃなく貴族のスカウトとか、スポンサーになりたいとか」

そうなのか……。

まあCランクの冒険者と考えれば大したことはないが、Sランクの獣人を連れたドラゴンテイマーと聞けば確かに俺も気になっただろうな……。

「ふふ。もしかしたらどこかの商人とかが声かけてくるかもね」

ビレナも目立つロゴなんかはないけど、自分のものは特殊な素材でオーダーメイドしたものを作らせて、商人がそのレプリカを販売するなんてこともあるみたいだ。

「そうですね。今日もこれ、ヴィレントの推薦がないと入れない武具屋ですが、ご主人さまならアポなしでも大歓迎だったかもしれません」

「そんなことは流石に……」

「今王都で注目のドラゴンテイマー御用達のお店となれば宣伝効果はすごいですよ？」

そんな話をしながら、一軒目の武具屋にたどり着いた。

店主の反応は……。

「いらっしゃ……すみません。うちは一見さんお断……失礼いたしました！　これはこれはリント様ではございませんか！」

二転三転したものの最終的に歓迎された。

「あれ……？　会ったことあったたっけ？」

俺の顔を見るなり飛んでくるように出迎える店主。見覚えはないぞ？

「これはこれは大変失礼を。私このイレオナ武具店のオーナーをしておりますリッター＝フォン＝イレオナでございます。リント様のご活躍は聞き及んでおりますから」

ほんとに名前だけは独り歩きしてしまったんだなと自覚させられることになった。あと顔もか……。

「貴族なのか」

「はい。一応男爵家を継ぎましたが……今は一介の商人でございますよ。王都において男爵家など貴族にあって貴族にあらずという状況ですからねえ」

「そうなのか」

確かに相続できる中では一番下の階級だったとは思うが、結構好きに商売もできるんだな。

まあ田舎だと農業やりながら貴族してるとかいうところもあるって聞いたし、そういうもんなのか。

「それで本日はどのようなご用件で……？」

「まずこれを」

「これは……ギルドマスターの⁉　まさかもうそこまでのつながりを持っていたとは……」

ヴィレントが店を指定した理由はその店の取り揃えももちろんだが、それ以上に信頼が置けて、口が堅いかどうかが大きい。

「この内容は……」

「了承してもらえるか？」

手紙に記されているのは「重要な秘密を打ち明けるが外に漏らすな」という文言だ。要するにリリィのことなんだけど……。

ギルドマスター、ヴィレントが直々に記したものだけにインパクトは大きい。

「わかりました。商人は信用が第一でございます。決して口外しないことをお約束いたしましょう」

そう言うと店の引き出しから一枚の紙を取り出す店主リッター。あれは……。

「これに誓いましょう。誓約は何になさいますか？　喋れば死ぬではぬるいでしょう。一族郎党まで範囲が及ぶようにとは思いますが……」

「そこまでしなくていい⁉」

持ってきたのは奴隷契約などで使う魔法の誓約書だ。ここで誓った内容は魔法の強制力で必ず実行される。

「ですが……ギルドマスターがこれほどのものを寄越したということは何かそれだけ重大な事柄でしょう。私もそれなりの覚悟を持ちます」

「覚悟は十分見られましたし、私がいればそれを無駄遣いしなくとも何とかなりますよ」

「まさか……」

口止めが必要な秘密が自ら姿を露わにする。変装魔法とフードを取り払い、店主へ声をかけた。

「聖女様⁉　少々お待ちを。すぐに店を閉めます！」

バタバタと慌ただしいながらも迅速な対応をしてくれるリッター。ヴィレントの推薦だけあるなという感じだった。

「ずっと姿を隠していても良かったんですけどね」

「えー、どうせなら一緒に選びたいでしょ？」

「それだけのために店のオーナーに命をかけさせるのは忍びないでしょうに。ジロジロ見られなければ変装魔法でも十分ですし」

「にゃはは。まあでも、聖女ってわかってもらったほうがいいこともあるでしょ？」

「それはまあ……」

盛り上がる二人。

「これは……Sランク冒険者ビレナ様に、失礼ですが本物……でいらっしゃいますよね？」

「ええ。聖女リリルナシル。わけあってしばらくこうして姿を隠していますが」

「これはこれは……。とんでもないことでございます。何と光栄な……」

恐縮しきりのリッターだった。

「で、ここは一通りの武器があるんだったよね？」

「ええ、はい。そうでございます。腕利きの職人と直接契約しておりますので、剣、槍、斧などオーソドックスなものから、亜種である片刃剣やハルバードなどまで、様々な――」

「一番いいやつを一つずつ持ってきて」

「一番いいやつですか⁉　そうしますと少なくとも金貨数枚はそれぞれかかりますが……」

「大丈夫大丈夫」

「少々お待ちください」

店の奥に引っ込んでしばらくすると、収納袋を引っさげたリッターが姿を見せた。

「剣はこちらがアレキスというドワーフが打った宝剣、ドワーフはあまり宝剣を作らないのですがこれは機能性も充実しており、柄に封じられた不死鳥ケレオスの羽根がその威力を引き上げます」

「宝剣って言う割に質素だと思ったらドワーフかー、なるほど」

「ええ。一番いいもの、とのことでしたが皆様におかれましては高価なだけの宝剣は必要ないかと思い、これを」

「じゃ、これは決定」

「良いのですか⁉　定価は金貨五十枚となっておりますが」

「いいよいいよ。その代わり安い剣を適当にたくさん欲しいから、そっちをおまけして」

「かしこまりました」

そのあとも出てくるあらゆる武器を収納袋に突っ込んでいく。使ってる収納袋は俺のだ。怖い……。

あの収納袋の中身だけで家が建つぞ……。

「短剣ですとこれも名匠レグザが残した剣で、今は次代が跡を継いでおりますが――」

「こちらは珍しい形をしておりますが収納型の――」

「こちら！　何と変形可能で剣、斧、槍のそれぞれの長所を――」

途中からノッてきたリッターもどんどん色んなものを出してくれたおかげで、変わった武器まで色々出てきていた。

「こんなに買ってどうするんだ……？」

「このあとリントくんが全部試して、駄目だったらそのとき考えよー！」

「でしたらぜひ我が店にお持ち寄りください。リント様がご使用になったというだけで価値が跳ね上がりますから。少なくとも売った金額の半値は……いえ八割ほどはお戻しいたしますよ」

「いいのか？　ほんとに儲かるか？　それ」

「良いのです。それと、基本的な武器の形が決まればあとは専用武器を作ったほうがより良い結果が生まれますから、その際は私のあらゆるコネクションからベストな鍛冶師を探し出し、リント様にぴったりと合うものを作らせていただきますので」

すごいな……。何というかこう、貧乏性なのでもったいないと思う気持ちと、そもそもの金額が大きすぎて感覚がついていかないという部分が複雑に絡み合っていた。

と、今まで一度も出てこなかった武器がショーケースに入っているのを見つけた。

「あれは……？」

「ああ……あれは今はなき伝説の鍛冶師、マスターアランが作成したと言われているものなのですが……いかんせん使い道もわからず、ああして飾っているというわけです。出しましょうか？」

「ああ。頼む」

パッと見は杖に見える。よく見れば剣の柄のようでもある。だがさらによく見れば、棒術の棒を短くしたものに見えるし、三節棍の一部が分離しただけにも見える。

要するに、見ようによってどんなものにも見える柄であり、ただどの武器として使うにも刃もなければ重みもなく、武器として成立していない不思議なものだった。

「おそらく何かを作ろうとして途中で力尽きたのかと思いますが、中に入っているものを分析したところこれでもかと希少な素材が詰め込まれておりまして……。杖として加工すれば歴史に名を刻む名杖になったと思うのですが、あまりに希少で扱いも難しい素材が多かったために誰にも加工しきれなかったという過去も持ちます」

手に取る。不思議なほどにしっくりきた。

「これ……魔法剣士に使い手がいるっていうあれに似てないか……？」

「剣の柄だけを持って刃を魔法で形成するというものでしたね……。ですがあれは、見た目の派手さはともかく実用性は皆無です。通常の魔法剣士用の剣であれば魔法を流せば流すだけ威力が上がります。もちろんそれは柄だけでなく、しっかりと刃があってこそ成り立ちますから」

「リントくん、使えそう？」

「ここでやるのは怖いな……」

「リッター、これはいくら？」

「あえて値はつけておりませんでしたが……素材を取り出すだけで金貨百枚にはなりますので……」

「じゃあ金貨百枚と、必要なくなった武器を戻すときに聖女の加護をつけてあげる」

ビレナが勝手にそんなことを言うが、リリィも特に何も言わなかった。

「本当ですか⁉」

聖女の加護。リリィの聖魔法は武具にかけるバフにもなる。その効果はしっかりとした魔法を使えば半永久的に作用するようで、俺の何の変哲もない服がBランク向けの装備と同等になるほど。先程までのレベルの武具に使えば……値段は少なく見積もっても倍にはなるだろう。

「いいかな？」

ビレナは店主だけでなくリリィと俺を見てそう言う。俺からすれば断る理由なんて一つもない。リリィも優しく微笑んでくれた。

そして店主リッターも……。

「もちろんでございます」

「ふふ。今日一日で稼いだねえ」

「おかげさまで……いやはや店が始まって以来の売上でございます」

「それは良かった」

リッターはほくほく顔だった。

「ではでは、制限はございませんのでいくつでもお戻しください。ああそれから、剣、槍、斧など、オーソドックスな武具はそれぞれ十ずつ収納袋へ入れさせていただきました。ご利用ください」

「うんうん、ありがとー！」

そう言って代金を支払うのを見て、初めて恐ろしい額の買い物をしていたのだなと気づかされる。

「今後とも末永く、よろしくお願いいたします」

「ああ、こちらこそ」

笑顔で見送る店主にそう答えたが……このあと死にに行く可能性があるんだよなぁ。バロン以前に、分不相応なクエストに挑むから。

もちろんそんなことを告げるわけにはいかず、ニコニコしたリッターに手を振って武具屋を離れた。

「次は防具だー！」

「楽しみですね、ご主人さま」

そんな調子で防具屋、衣装屋、最後に道具屋と回っていき、気づけば日が暮れていた。

◇

「じゃ、夜しかできないクエストに行こっか……ってリントくん、大丈夫？」

「一応……」

収納袋に入れれば重さは感じないはずなのだが、どうしても金額的な重みを感じて足取りが重くなっていた。この腰にくくりつけた小さな袋に、ビレナと出会ってなければ一生かけても稼ぎきれなかっただけの資産が入っているわけだから。

「にゃはは。慣れて慣れてー！」

「そうですよ？　最後に寄った店で買ったアイテムなんて消耗品なんですから」

「消耗品一つで今までの稼ぎのすべてを足しても足りないとか……」

見たことのない効果を持った特製ポーションやら、もしものためにということでスクロールをいくつか、あとは野宿に必要な便利アイテムやら何やらを揃えていった。

防具は幸い、ローブがあるのでそう高価にならなかった。その場で着替えさせられて何着か服を買ったくらいで、ブーツと合わせても金貨数枚で済んだ。いや待て、金貨数枚はおかしな金額だからな!?　危ない、あやうく常識が崩壊するところだった……。

「さて、そうしたら森ですね……ご主人さま、虫型の魔物はテイムしなかったんですね？」

「ああ、小さい奴らだと何が欲しいかいまいちわからなくて諦めたんだよな」

虫系魔物。クモやサソリなど毒を持つものから、カブトムシやクワガタのようなものが魔物化し、大型かつ凶暴になったものまで様々だ。

今から向かうのはその中でもジャイアントヘラクレスと呼ばれる最大級種の虫系魔物の一つだった。サイズだけでいえば小型の竜にも迫ろうかという巨大な魔物だ。

「蟲使いって普通のテイマーより立場が悪くなりそうだもんねえ」

「まぁ抵抗がある人多いだろうなあ……」

虫系魔物に関する依頼はその分、難易度と比較して報酬が良くなりがちだった。人を選ぶからな。

「で、今回は標本用だっけか」

「できれば生け捕りって言ってたね」

「できればって……あんなサイズのもんどうやって運ぶんだ……」

「ま、実際には殺してすぐ収納袋だよね」

収納袋には生き物は入れられない。いや入れれば入るのかもしれないが、中で生きながらえることはできないと言われていた。

獣を入れて中でバラバラになって大変なことになってたとかいう話があるのでなるべくやりたくない。結局殺してから入れるのが無難だった。血抜きなしでも新鮮保存できるのはでかい。

「ジャイアントヘラクレスって、普通に戦うと強いから罠で捕まえるよな？」

「普通はね！」

「ご主人さま、わかってると思いますが、正面から戦いますからね？」

「まじかよ……」

ジャイアントヘラクレスは縦に二叉に分かれた巨大なツノを持ち、獲物はその力で真っ二つになることも珍しくない。

虫系はその大きさや強さに反して魔法耐性が極端に低かったり、錬金術師が作る薬品を使えばあっさり倒せたりと、攻略法が複数あるのが特徴だ。

ジャイアントヘラクレスは夜、光や甘いものに集まる。この性質を利用して罠を仕掛けて地道に捕獲作業を続ければ、ある程度容易に達成も可能なのでBランクが対応する依頼になっている……んだけど……。

「相手の有利な状況で戦ったらAランク相当って話だったんじゃ……」

「傷つけずに倒せるようになればバッチリだね！」

「どうしろっていうんだ……」

俺はまだCランクだというのにAランク相当の相手を傷つけずに倒す話になっている。

バロン対策だから覚悟はしていたんだけど、それにしてももう少しステップがあるかと思ってた。

「ま！　まずは実際に戦ってみよー！」

結局二人の勢いに押されるがままに目的地へ向かう。移動しながら攻略法を考えていくことにしよう……。

巨大な二叉のツノを振り回す怪物に正面から……どうやって勝てばいいんだ。

傷も入れちゃいけないときたら難しいなんてものじゃない。いやまあ、そもそも並の宝石より硬いと言われる外皮を破れるのかという話はあるんだけどな……。

カゲロウの火力ならいけるかもしれないが……。

「ん……？」

カゲロウの火力は一点に集中すればするほど強力になることがわかっている。

巨大な身体だ。一箇所くらいどこかに傷があってもおかしくない。その傷に合わせてカゲロウの火力をぶつけられれば……。

「そのためには……あのでかさと、攻撃に耐えなきゃいけないわけだけど……」

今の精霊憑依の精度では防御に寄せるか攻撃に寄せるかの細かい調整はできない。

カゲロウの力をそこまで攻撃に特化させて使うとなれば、防御はほとんど丸腰になる。

「まぁ、カゲロウと出会う前はそうだったはずだ……」

カゲロウの相手なんてそれこそ、まともに当たれば一撃で死ぬような攻撃の中で戦ったんだった。

それにあのときはリリィもいなかった。死ねば終わり、一撃貰えば終わりの経験は、くぐってきた道だ。

「もう一度……やるか」

覚悟を決めて、二人の指示に従いジャイアントヘラクレスのいる森に近づいていった。

◇

「何だこれ……」

「ジャイアントヘラクレスの……というよりこの手の虫型の魔物の巣だねー」

「こんなところがあったのか……」

見る人が見れば宝の山だ。

森の奥深く、少し開けたその場所に、一本だけ周囲の木の何倍も太い巨樹が現れる。

この一本の巨樹だけで、ぱっと見て数十のジャイアントヘラクレスが鎮座していた。

一匹で銀貨数枚、下手したら金貨が動く。そんな生き物が無数に存在する景色だ。もちろん、罠にかかっているわけでもないので皮算用でしかないんだが……。

「ジャイアントヘラクレスは手を出しても一匹ずつでしか襲ってこないんだよ」

「そうなのか」

これだけの数と一度に戦おうと思うとてもじゃないが傷つけないことなんて意識できるとは思えなかったが、その心配はないらしい。

「にしてもここ、ジャイアントヘラクレスの狩場として情報が出回ってないのが不思議なくらいだな」

罠を作れる人間からすれば本当に宝の山なのではと思ったんだけど……。

「あー、この子たち賢いから、巣の近くの罠には引っかからないんだよね。というより、作ってると襲ってきちゃうから」

なるほど……。

「そりゃそうか。だからこんなにいるんだな」

普通は罠を仕掛けてかかればラッキーの大物だ。

流石にすでにうじゃうじゃいる中に罠を設置するのはここにいる魔物たちも許さないとなると……。

「そうなると実力行使ができるだけの力が必要で、そんな実力があるならここは割に合わないわけか」

「そうそう！　まあでも、リントくんにはちょうど良いでしょ？　いっぱいいて」

気軽に言われて乾いた笑いが出る。ジャイアントヘラクレスの戦闘能力はAランク相当だ。これを傷物にせずに納品までこぎつけるには、Aランクの中でも上位の実力が必要になる。

「と、いうわけで、何匹でもいるからさ、まずはカゲロウちゃんとのトレーニングにしよう！」

「ジャイアントヘラクレスは一対一でしか襲ってきませんし、ご主人さまが新しい武器に慣れる練習にも最適ですね」

流石に王都ギルドマスターのヴィレントが用意しただけあってよく考えられていた。

とにかくここでAランク上位の力を手に入れないといけないわけだ。頑張ろう。

「やるか」

カゲロウを憑依させようとしたところで、ビレナからこんなことを言われる。

「あ、今回はまず、精霊憑依じゃなくて普通に喚んでみてくれる？」

「ん？　あぁ」

ビレナの意図はわからないけど言われた通りにしてみる。

「カゲロウ」

「キュクゥゥゥウウウウウウウ」

いつもより伸び伸びと登場してひとしきり周囲を飛び回ってから頭を押し付けるようにすり寄ってくるカゲロウ。

撫でてやると嬉しそうに自分からさらに頭を擦り付けてきた。

「懐いてるねえ」

「ありがたいことにな」

何でカゲロウがこんなに懐いてくれてるのかわからないがまぁ、良いことだし考えても仕方ないからな。

「可愛い可愛い！」

「キュクー」

カゲロウがビレナに撫でられているのを見てなぜかキュルケが俺のところでパタパタとアピールし始める。

「お前も可愛いから安心しろ」

「きゅきゅっ！」

軽く撫でてやると嬉しそうに鳴いてなぜか空高く飛び上がっていた。その姿を追いかけて顔を上げて初めて、ジャイアントヘラクレスたちの様子が変わったことに気がつく。

「ご主人さま、わかりますか？」

「ああ……」

明らかに先程までと緊張感が違う。キュルケもそれを感じてまたパタパタと舞い戻ってきて俺にしがみついた。怖がってるのではなく俺を守ろうとしているのがキュルケらしい。

「大丈夫」

「きゅー」

心配そうに俺を見るキュルケを撫でて安心させる。

ジャイアントヘラクレスたちの目線の先にいるのはカゲロウだ。

普通の野生動物なら自分より強い存在が来たなら逃げるための動きを取るんだが、こいつらはそうではなかった。

「カゲロウ、一匹ずつね」

「キュクゥゥゥゥアアアアアアア」

巨大な樹木ごと揺らす咆哮に、ジャイアントヘラクレスたちも流石にざわめきたった。

何匹か空へ飛び立ったが、それは逃げるためではない。むしろ逆だ。

何度か空中でぶつかりあったあと、権利を勝ち取った一匹のジャイアントヘラクレスが地面に降り立つ。

それだけで、地面がズシンと揺れた。

「すごいな……」

降り立った音で初めてその重量を感じ取る。大きさ、重さ、そして——

「始まりますよ」

先に動いたのはジャイアントヘラクレスだった。その巨大なツノを斜めに振りかぶると、勢いよく飛び立ってカゲロウめがけて思い切り振り下ろす。

勝負は一瞬だった。

「キュクー」

次の瞬間、生きていたのはもうカゲロウだけだった。

振り下ろされたツノはその勢いのままに地面をえぐり取っていたが、地面にたどり着いたときには、肝心の胴体がついてきていない。

要するに、カゲロウに一瞬で胴と頭を真っ二つにされたわけだ。

「すごいな……」

「あれなら最悪くっつければ標本には使えるもんね」

今回のクエストは納品だ。目的は標本、あれは確かに一つの正解かもしれないな。

「ということで、ここの子は自分より強いと思わせないと挑んできてくれないから、まずはカゲロウちゃんとの連携を鍛えないといけません」

「なるほどな……」

ただ憑依しただけじゃ駄目ってわけだ。そもそも俺のは精霊憑依じゃなくてカゲロウが形を変えて覆いかぶさってくれてるだけみたいなものだしな……。

「ということで、やってみよー！」

「キュクー！」

ビレナとカゲロウの掛け声で特訓が始まった。

まずはいつも通りカゲロウを纏う。

「キュクー？」

「あいつら全然見向きもしないな」

カゲロウが単体で現れたときには巨樹にいたジャイアントヘラクレスたちがもれなく戦意をむき出しにしていたが、今はのんびりくつろいでいる。

「きゅっ！　きゅきゅー！」

キュルケもなぜかジャイアントヘラクレスに挑もうと必死にパタパタと動き回っているんだが、一向に相手にされる気配がなかった。

「キュルケちゃんも私と特訓しましょうか」

「きゅっ！」

手持ち無沙汰になっていたリリィがキュルケの面倒を見てくれるようになったらしい。

「リントくん、もたもたしてるとキュルケちゃんが先に倒しちゃうかもよ？」

「まさか……」

と思いビレナを見ると、逆にビレナがきょとんと驚いていた。あれ？　キュルケの評価、俺とビレナでだいぶ乖離があるな？

「まじ？」

「まじだよ？」

頑張ろう。

「まずね、リントくんはカゲロウちゃんをもっともっと信頼して、受け入れないとかな？」

「受け入れる……？」

「リントくんにとって精霊憑依のイメージってどんな感じ？」

「そうだな……」

考える。

俺がカゲロウを纏い、俺の防御力が上がる……？　いやでも、カゲロウがいてくれると俺の身体能力も上がっている。何だろう、祝福がかかった装備品みたいな感じだろうか。

「ご主人さまは今、カゲロウちゃんを装備品のように考えてしまっているかもしれませんね」

心を読んだようにリリィが言ってくる。

「それでは精霊憑依の効果はあまり得られないと思います」

「なるほど……」

確かにカゲロウ単体が動いたほうが数十倍強いわけだから、ただ纏って守ってもらうだけでは意味がないか。

「私もできるわけではないのですが、精霊憑依はお互いの信頼度が大切ということだけはわかります」

「信頼度、か」

「はい。双方がしっかりと呼吸を合わせて、一体となるイメージ、と言われています」

リリィのアドバイスを受けて、自分なりに理解したことをカゲロウに語りかける。

「まずはカゲロウに委ねる部分を増やしてみるか」

「キュクー！」

別にカゲロウを信用していないわけじゃないからな。どちらかといえばそうやって任せきりにすることに抵抗があっただけだが、一度試してみるか。

「頼むぞ？」

「キュクゥゥ「ウゥァアアアアアア」」

驚いた。

完全に力を抜いてカゲロウに身を預けたら、カゲロウの雄叫びが途中から二人の声になっていた。

遅れて気がつく。この声は、俺だ。

「すごいですね……いきなりここまで……？　いえ、これは……」

リリィが何か言ってるのが聞こえるが、遠くでささやいているようにしか感じられなくなっていた。

「「フシュゥゥゥウウウウ」」

カゲロウのときのように一匹のジャイアントヘラクレスが俺たちの前に降り立つが、次の瞬間、身体が勝手にフッと動きだし、ジャイアントヘラクレスの横を通り過ぎていった。

感覚としてはギルに乗っているときに近いが、自分の身体が何者かに勝手に動かされている感覚だ。

そして——

「……あれ？」

「ご主人さまっ！」

「キュクー」

カゲロウが離れたのが早かったか、俺の意識の糸が切れたのが早かったか、リリィとカゲロウの姿が霞んだ。

最後に見えた景色は、明らかにやりすぎてバラバラに焦げ落ちたジャイアントヘラクレスと、心配そうにこちらに駆けつけるキュルケの姿だった。

◇

「あ、起きましたね」

「寝てたのか……？　俺」

辺りはすでに明るくなっており、巨樹にいたジャイアントヘラクレスたちも姿を消している。地面や葉の裏に隠れているのだろう。

「はい。肉体よりも頭や精神へのダメージが大きかったので、寝かせておきました。ヒールやポーションで無理やり回復するのはあまり良くありませんので」

「そんなに急がなくてもいいしね」

よくよく見ればここはテントの中。外の景色が見えるように魔法で加工されていただけだったらしい。

というかこれ……。

「ごめん！」

「いえいえ。可愛かったですよ？　ご主人さまの寝顔」

何か柔らかいと思っていたら俺はリリィに膝枕をしてもらっていたらしい。道理で景色が半分何かに隠されているなと思ってたんだ……。あれは胸だ。

「私も交代で見てたんだよー」

「ビレナもごめん。ありがとな……」

二人にそんな揺り動かされても起きなかったのか俺……。

「次まではこういったときにも効く術式を作っておきますので」

そんな簡単に術式って増やせるのか……？　と思いつつも、リリィなら何とかするんだろうと思い突っ込むのをやめた。

「感覚は覚えてる？　リントくん」

「ああ……」

今もカゲロウと一体化した感覚は鮮明に覚えている。

自分が自分じゃなくなり、溶けていなくなる感覚。カゲロウが必死に俺を動かして、無理がたたって倒れる自分。

今までの俺は自分でやりすぎてカゲロウの力を生かせなかったし、さっきの俺はカゲロウに任せすぎて自分のキャパシティを大幅に超えてしまったわけだ。

カゲロウの力を使いこなすには自分も強くなる必要があるし、任せきりにはできないこともわかった。

「何か掴んだんだね？」

「多分な」

「にゃはは。じゃあ大丈夫だね」

そう言うとビレナがうまそうな肉を渡してきた。

「ジャイアントヘラクレス、あんまり知られてないけど美味しいんだよ？」

「これ、あいつらなのか……」

肉の塊になってしまえば抵抗はないんだが虫だったことを思うとなぁ……。

「キュルケ、カゲロウ。おいで」

「きゅきゅっ！」

「キュクー！」

喚び出すまでリリィとビレナに気を使うように大人しく、それでも心配そうにこちらを見ていた二匹を呼ぶ。甘えるようにひたすらこちらに顔を寄せてきた。

「二匹とも心配そうにぐるぐるご主人さまの周りを回ってましたよ」

「きゅきゅ！」

「ありがとな。キュルケ」

「あ、キュルケちゃん、あのあと一匹倒してますよ」

「え？」

「きゅ！」

誇らしげに胸をはるキュルケのもとに、なぜか一本の短い短い剣が携えられていた。

「これ……？」

「存在進化でツノも羽も生えてますからね、武器もそれで……」

「何でもありだな……キュルケ」

「きゅきゅー！」

楽しそうに剣を振り回すキュルケ。可愛いんだけど、これであれか。単体でAランク相当のジャイアントヘラクレスを倒すだけの力を持ったってことか。

「ほんとに俺より強いなもう……」

「きゅー！」

守ってやると言わんばかりに剣を掲げながら誇らしげにパタパタ飛んでいた。

「キュクゥ」

一方でカゲロウは自分のせいで倒れたと言わんばかりの落ち込みようだった。

「ごめんな。次はうまくやろうな」

「キュ！」

怒られないとわかったからだろうか。顔を上げてしっぽをパタパタしながらこちらにじゃれついてきた。

「その分だと、次は大丈夫そうですね」

「リントくん、武器どれにしよっか？」

「ああ、そうか、そのために来たんだ」

武器選びの前段階で倒れてしまったわけだ……。

「ま、だいたいこれで決まりだと思うんだけど……」

ビレナが持っているのは最後に買った柄しかない剣のような何かだ。

「魔法剣……と呼んでおきましょうか。確かにこれが使いこなせれば最も強いことは確かですね」

俺も二人の意見に同意だった。

イメージはついている。カゲロウの炎が剣として機能すれば、それで他の武器などひと撫でで真っ二つになる優秀な武器になる。

「剣身がないということは、ある程度どんな形状にもなるということでもあるので、まずは色々使いながらご主人さまが使いやすい武器を確認するのが先でしょうね」

長さの調整だけじゃなく、やろうと思えば斧や槍としても使えたりするしな。場合によっては持ち手くらいならあとで追加すればいいわけだし。

となると色んな武器を実際に試したいんだけど……。

「流石に持ったことない武器でジャイアントヘラクレスとやり合うと俺、死ぬよな？」

「大丈夫ですよ？　死んでも」

リリィは本気だ。

「いやいや、死なない方法を考えたいんだけど……」

俺がそう言うとキュルケがパタパタこちらにやってきた。

「きゅきゅ！」

「何だ？　ああ、手伝ってくれるのか！　久しぶりだな。組み手」

「きゅっ！」

懐かしい。俺が強くなれたのも、キュルケが強くなったのも、二人でいつもやっていた組み手のおかげだと割と思う。

「へー。そんなことしてたんだね、だからキュルケちゃんこんな強いのかも？」

ビレナもそう言ってくれる。

「あの頃より二人とも強くなったから怪我が怖いけど、まぁそこはリリィに頼るか」

「今なら大怪我しても私が治しますから、加減なしで大丈夫ですよ」

もうこの際だ、死なない範囲なら諦めるとしよう……。

◇

改めて外に出て、キュルケと向かい合う。

片手剣、両手剣、片刃剣、槍、ハルバード、鎖鎌……あらゆる武器が収納袋から取り出され並んでいた。しかも一種類につき十。よく見れば微妙に細かい違いがあることもわかった。

「こんなに買ってたんだな」

「一個ずつ試しながらやってみよー！」

「ああ」

まずは使い慣れた剣から肩慣らしをしていこう。キュルケもやる気満々だしな。

「カゲロウに憑依させて戦うつもりだけど、いいよな？」

「きゅっ！」

もちろんと言わんばかりにキュルケが答える。

使い魔相手に二対一のようになって気が引ける部分もあるが、そうでなければ、今やAランク相当の力を持つキュルケに勝てる気がしない。

それに今回の目的は最終的にバロンに勝つことだ。ここで変な意地を張っても仕方ないだろう。

「では、始めましょうか」

リリィの掛け声に合わせて、俺もキュルケも本気でぶつかりあった。

「きゅー！」

「本当に強くなったな……」

カゲロウを憑依させていても攻撃が通る気がしない。それどころかこちらが弾き飛ばされるほどだ。

一方で剣を手にしたキュルケの突進は、俺の防御を簡単に打ち破る。

「ぐっ……」

「まずはキュルケちゃんの勝ちのようですね」

「どうする？　リントくん。次はこれ使ってみる？」

リリィの回復を受けながら次の武器を選ぶ。

こうなればもう、全部使い切るまでやるとしよう。

結局辺りが暗くなるまでずっと、カゲロウも俺もキュルケもへとへとになるまで組み手を続けることになった。

戦績は、俺が八十七勝、キュルケが九十八勝。

後半こそ追い上げたものの、武器に慣れるまでにつけられた差が最後まで埋められなかった。あと単純に、剣を持って縦横無尽に駆け回るキュルケは強すぎた。

こちらの攻撃をほとんど弾き飛ばすキュルケのスキルは、防御面ではもうカゲロウを上回っているかもしれない。

「頼もしいな」

「きゅっ！」

「キュクー！」

ただそのおかげで、一通りの武器も試せた。オーソドックスなものから変わり種まで色々扱ってみたが、やっぱり剣が馴染みが深くて楽だった。

意外だったのは大刀の使い勝手が良かったことだろうか。

片刃で大型の剣だが、カゲロウのおかげでステータスが底上げされている状態だと重さがちょうど良く、一撃で相手にダメージを与えるときには重宝しそうだった。

さらに、大刀と同じような形の穂先が槍のように長い柄の先に付いている、遠心力でかなりの威力を出せる一撃必殺の武器がレパートリーに加わることになった。

偃月刀《えんげつとう》と呼ぶらしい。

「結局魔法剣は使いこなせず、だったな」

「仕方ないですね。まずは既存の武器を使っていきましょう」

魔法剣。

剣身をカゲロウの炎で作り出すことまではできるものの、そちらに気を取られすぎて防御が疎かになったり、そもそも剣身を維持することが難しく動きが緩慢になったりしてしまったのだ。

後方から一撃を決めるためには使えるかもしれないが、今のところ実用段階には至らなかった。

「確かにこれは、戦闘の中で維持するのはなかなか難しいですね」

そう言ってリリィが魔法剣に白い剣身を生み出していた。

「切ったら回復するヒーリングソードですね」

「すごいな……」

ブンブンと振り回しただけで周囲の植物が一回り大きくなっている。

「ふふ。リントくんがそれ使いこなすの、楽しみだね」

期待に応えられるように頑張るとしよう。

ただ今は……。

「魔法剣は使えなくても、今ならもうジャイアントヘラクレスも俺を無視できないだろ」

リリィが俺とキュルケ、カゲロウにそれぞれヒールをかけてくれる。

戦う前より力が漲《みなぎ》ってくるくらいだった。

「よし、やるか」

辺りはもう暗い。ジャイアントヘラクレスたちの時間だ。

そしてそれは、キュルケとの組み手の成果を発揮するいい舞台でもある。

ジャイアントヘラクレスもどこからともなくこの巨樹に集まってきたようで、俺たちが縄張りに足を踏み入れた途端、一斉に意識を向けてきた。

「リントくん、いけそう？」

「ああ……！」

キュルケとの組み手中、メインの武器がようやく定まったのも大きい。剣の使い勝手、大刀とも意外と相性が良かったことから考えて最終的に選んだのは……。

「今まで使ったこともなかったからな……」

「キュクー！」

選んだ武器は両手剣、その中でも一撃の大きさを重視した大剣を手に取る。

オーソドックスなものながら、実はこれまで片手剣しか使ったことがなかった俺にとっては新鮮だ。

これまで使っていたただの剣と比較するとその差は歴然。文字通り両手で扱わざるを得ない重量を持った武器。

防御力の高いキュルケにまともにダメージを与えられるのは結局、このくらいの武器しかなかった。

カゲロウを防御面のサポートに集中させれば、多少攻撃を受けても大丈夫というのも大きな理由だ。

要するに、防御はカゲロウに丸投げして自分のキャパは完全に攻撃に割り振った結果選んだのがこの、重量級の大剣というわけだ。

片刃の大刀より汎用性が高かったことも決め手になっている。

「ま、とりあえず武器が一つ使えたらだいぶ楽になるよ」

そう言いながらも購入した武器のすべてをある程度使いこなせているのがビレナだった。レベルが違う。

それでいて本人は無手が一番強いのだからもうよくわからない世界だ……。

「バロン対策にも良いと思います。バロンも斧ですし、全身鎧ですし、重量装備で対応したほうが良いでしょうから」

「斧か……受けきれるのか……？」

「大丈夫大丈夫！」

ビレナの大丈夫ははいつも軽い。

「まあ剣がもろくてご主人さまごと一刀両断されても、綺麗に真っ二つならすぐ戻せますから大丈夫ですよ」

リリィの大丈夫も全然大丈夫じゃない話だった。

「とはいえこの剣ならそう簡単にはいかれないだろうけど」

「ふふ。そうですね」

いい剣買って良かった……ほんとに。

例に漏れずこの大剣も相当な業物《わざもの》であり、何より強度がある。

これなら反応さえできれば真っ二つにされることはない、と思う。

「まあどのみち、まずはジャイアントヘラクレスに勝たなきゃだな」

「標本のことはあんまり考えなくていいからね」

「そうですね。まずはそれでいきましょう」

そう聞くと一気にハードルが下がった気がした。

「ご主人さま、キュルケちゃんも勝った相手です」

「そうだな……」

気合いを入れる。格好悪いところは見せられないな。

精霊憑依の加減を、ちょうど俺が消耗しすぎない範囲に抑えてカゲロウを纏う。キュルケとの特訓のおかげでだいぶコントロールできるようになった。

動きはこちらが主導し、その補助をカゲロウに委ねる。

戦闘に入る前であればいいバランスが保てるようになっていた。

精霊憑依した俺を見て、何匹かのジャイアントヘラクレスが競い合うように地面をめがけて飛来する。何度かぶつかりあった末、残った一匹が俺の前に降り立った。

正面に立つジャイアントヘラクレスの大きさと圧力に少し、武者震いがした。

「一回目はほとんど覚えてないからか、改めて対峙するとプレッシャーがすごいな……」

自分の身体より随分大きなそれを見上げて言う。でかいのはわかっていたが、直接敵意をぶつけられるとそれだけで怯んでしまいそうな体格差だった。

「リントくん！　来るよ！」

建物一つ分あろうかという巨体。攻撃手段は羽を広げた低空飛行での突進と、あの上下に分かれたツノによるギロチン攻撃だ。

「カゲロウ、いけるか？」

「キュクゥゥゥゥウウウウ」

当たり前だと言わんばかりに吠えたカゲロウ。俺の身に纏ったカゲロウの炎が、一段階出力を上げてジャイアントヘラクレスを迎え撃つ。

「行くぞ！」

あの攻撃を食らえば死ぬ。

説明されるまでもなく肌に伝わるその嫌な感覚を、カゲロウの炎で塗り替えるように身に纏わせていく。

「うぉぉおおおおおおお」

身体から大剣の剣身へと伝わったカゲロウの炎が、その威力を倍増させる。

ジャイアントヘラクレスのツノが振り下ろされる。俺はそれに下から大剣を交差させた。正面からの力比べだ。

「ぐっ……！」

流石に力が強い。何より体格差が激しい。地面をえぐり後退させられるも、何とかそこで踏みとどまった。

攻撃が通らないことが気に食わなかったジャイアントヘラクレスは無闇矢鱈とツノを振り回して不満を露わにしていた。

「カゲロウ」

「キュクゥゥゥゥウウウウ」

その間にカゲロウの魔力を足元に集中させる。昨日できるようになった数少ない力のコントロールの一つだ。カゲロウの力を足に集中させれば、これまでにない速度で移動できる。

「よし、意外といけるな」

ツノを振り回すジャイアントヘラクレスの猛攻をかいくぐり、腹の下へ潜り込む。


――！


ジャイアントヘラクレスが突然消えたターゲットに驚いたように固まる。

その一瞬の隙を見逃さず、大剣に再びカゲロウの炎を流し込む。


――!?


熱を感じて慌てて羽を広げようとしたジャイアントヘラクレスだが、もう遅い。

「るうぁあああああああ」

柔らかい腹の部分に、大剣を思い切り振り上げた。

「キュゲエエエエエエエエエエ」

ジャイアントヘラクレスが断末魔の叫びをあげながらのたうち回る。

腹の下にいたら潰されるし、それ以前に何かわからない謎の液体が降り掛かってきていたのですぐ逃げてきたが……。

「いけた……のか？」

俺が腹から這い出て息を整えている間に、戦っていたジャイアントヘラクレスはひっくり返って動かなくなっていた。

「やったねリントくん！」

「お腹側しか傷がありませんから、あれでも納品に十分かもしれません」

「そうなのか」

とにかく無事に倒せて良かった。

「ありがとな、カゲロウ」

「キュクゥゥウウウ」

嬉しそうに鳴いて憑依を段階的に解いていく。

沈ませていた意識を浮上させ、カゲロウと自分の感覚を分離させていった。

「これでAランク相当だよ！　リントくん」

「確かにAランク相手に戦えたのか俺……」

そう考えるとすごい大きな成果に見えてくる。

「ジャイアントヘラクレスはAランク冒険者になるための登竜門と言われていますしね」

「そうなのか……？」

「巨体、そもそも通常の武器では傷の入らない外皮、さらに一撃必殺の大鋏を携えた恐怖心を煽る容姿……どれへの対処をとってもAランクとして活躍していく足がかりになりますし、これがすべて揃っている冒険者はそういません」

「なるほど……」

言われてみれば確かに、ちょうどいい相手なのかもしれない。

「だからこのクエストなのか……」

「うんうん！　一つクエストをやれば一つランクが上がるくらいには成長してもらうから！」

「待て待て、Aランクは言いすぎだしそれだと次で限界だろ？」

Aランクの上にSランク、そこで終わりじゃないのか。

「にゃはは」

勢い任せなビレナと入れ替わるように、リリィがヒールをかけながらこう言ってくれた。

「改めてお疲れ様でした、ご主人さま。カゲロウちゃん」

「キュクー」

「ありがとう。でもすぐ次に行くんだろ？」

受けた依頼は多いし、バロンと戦うまでの日数も限られている。

あんまりのんびりはできないと思ったんだが……。

「一度フレーメルへ向かいませんか？」

「フレーメル……星の書か！」

「それもありますし、ご主人さまも拠点をお持ちになるのは良いかと思いまして」

「拠点……？」

「おっ、いいね！　早速行こ行こー！　ギルちゃんに乗ってけばすぐだし！」

「おい……まぁいいんだけど引っ張るな、ほんとにちぎれるから！」

「にゃはは。ちぎれてもリリィにくっつけてもらえば大丈夫！」

「そんな無茶苦茶な……」

結局ビレナに連れ去られるようにして、ジャイアントヘラクレスたちの巨樹をあとにした。

こころなしか残っていたジャイアントヘラクレスたちが優しい表情をしているように見えた気さえした。

◇

ジャイアントヘラクレスの森は王都から西に移動した先にあったが、フレーメルはここから北東に向かうことになる。最短ルートは王都を突っ切るのだが、流石に目立つし、せっかく人気《ひとけ》のないところでギルも羽を伸ばせるからと、少し迂回するような形でフレーメルを目指した。

「このまま北上すれば神国なのか」

「そうですね。森を抜けた先にポツンと存在していますよ」

ギルの高度の問題もあるが、今はまだ木々しか見えない。

「バロンがいるとしたら、この辺りかもしれませんね」

「……なるほど」

「心配なさらずとも、いくら竜殺しと言われるバロンも飛んでる竜を突然襲ったりしませんから」

「ならいいけど」

何せ知ってる同ランクのサンプルがビレナとリリィだからな。

特にビレナだったら気分で撃ち落とそうとしてもおかしくないと思うし……。

まあ今のビレナはフレーメルに向かうのが楽しみなようだし、バロンもそんな気分じゃないことを祈っておこう。

「ふふ、リントくんの家、楽しみだなー」

「そうですね」

二人が少し、夜の顔になった気がしたが、フレーメルを目指す空の旅を楽しんでいた。

◇

「ただいま」

「ここがリントくんの家かー！」

二人を連れて家の中に入る。良かった、随分離れていたがうちは無事だったらしい。王都に出た時点であまり戻る気もなかったとはいえ、愛着はあるからな。

まぁ盗るようなものもなければもともとボロ小屋だからな……心配することがあるとすれば浮浪者の住処になっていないかくらいだったが、大丈夫だったようだ。

「ご主人さまのお家だけ妙に森に近くて人里から遠い気がするのですが……？」

リリィの疑問はもっともだった。

そのおかげでギルを休ませる場所にも困らなかったくらいだから。

そして森の近くでポツンと生活していたのには理由がある。

「このほうが安全だったからな」

「苦労されてきたんですね……」

低ランクかつテイマーという二重苦を背負った俺にとって家だけが心休まる場所だった。

嫌がらせは激しかったとはいえ、あえて追いかけてきてまで襲撃するほど向こうにやる気はなかった。

家の場所が森に近く、普通なら人が近寄らないような場所だったのが幸いしたのだ。

「では、この家は特に家族との思い出とかそういうものは……」

「ないない。ずっと一人だったよ」

家族が死ぬまでどうしていたかなんてもう、思い出すのも難しいくらいだったからな。

気づいたらこのボロ小屋を拠点に生活させてもらえていた。今考えると多分、フレーメルのギルドマスターのクエルが色々手を回してくれていたんだとは思う。

「わかりました。なら遠慮なく、綺麗にしちゃいますね」

「あー、ありがとう」

リリィがそう言うので軽い気持ちでお願いした。リリィが祈りを捧げるポーズに入る。

「え？」

待て。祈りを捧げるポーズ……？

骨折程度なら呼吸するように治してしまうリリィがわざわざ祈りを捧げたことに嫌な違和感を覚えた。

だがもう、止める間もなく詠唱まで完了してしまう。部屋の掃除ごときに聖女が祈りを捧げて詠唱まで必要なわけがない。

「一体何を……ってえええええ⁉」

ゴゴゴゴと自分たちのいる小屋が俺たちを乗せたまま動きだす。

「周りに家もないところで良かったねぇ」

「いやまぁ、それはそうなんだけど、え？　何が起きてるの……？」

窓の外を見ると驚いたことになぜか森の木々を見下ろせるような高さまでぐんぐん部屋の場所が上がっていった。うち、平屋だったはずなのにな……？

「ご主人さまの家なのですからこのくらいしないといけません」

「いやいや……何かちらっと見えたけど外、城みたいになってないか……？」

「にゃはは！　豪邸だ！　リントくん！」

ビレナはのんきに笑っていた。

「ゆくゆくは歴史に名を残すんですよ？　家は大切です」

「いや……」

名を残すのか……？

ビレナとリリィはすでに名を轟かせているはいるけど……いやまあ、一緒にやっていく以上俺もそこを目指す必要はあるのか。

違う違う今はそういう話じゃない。勝手に家が城みたいになってることが問題なんだ。

「これからもご主人さまのテイムを軸にパーティーメンバーは増えますし、拠点にするには良いかと思います」

「テイムで増やす前提なんだな……」

「可愛い子が増えるといいね！」

それはまあ……いやいやこれ以上人間や亜人に手を出すのはまずくないか……？　いやでもパーティーメンバーと考えると必要なのだろうか……。

とにかくまあ、Sランクパーティーを目指す以上人が増えるのはそうか。

「ここを拠点にするっていうのはいいけど……にしても広いな……」

「これは……土魔法？　色々覚えてるんだねえ」

ビレナも感心している様子だった。

「聖属性の応用ですよ。再生魔法の類いです」

「聖魔法ってほんと、リリィが使うと何でもありに思えてくるなあ……」

実際のところ何でもありなんだろうな……。

「ギルちゃんが寝るための場所も造りましたから、あとで喚んであげましょう」

聞いたところどうも屋上にギルのためのスペースまであるらしい。すごい。

「ま、家の中のものはちょっとずつ揃えていけばいっか」

「とりあえず家がどうなったか一通り確認したいな……」

頭の中を整理するためにも。

「そもそも俺たちがいるこの元の小屋だけど……何か見晴らし台みたいになってるな」

よく見るともともとボロ小屋だったこの部屋もだいぶ綺麗になっている。

場所的には中心部、そして最上階に位置しており、見晴らしのいい部屋になっていた。

いやこれ、地面ごと小屋を盛り上げて、下の部分に部屋を増やしたのか。

「私たちは特に地上との距離があっても気になりませんから、一番見晴らしが良く、位置も高く、少しでも思い出のあるこの部屋はまず玄関口として拠点にできればと思って」

「なるほど」

本来の屋敷や城に例えるなら見張り台や守衛用の詰め所のような場所に見えるが、自分たちで索敵することも含めて機能性のいい部屋かもしれない。

ギルが休めるほどの屋上の中庭に直接つながっているというのも便利だ。

この部屋が玄関でもあるわけか。勝手口みたいな……？

「道具が入っていませんが調理室、食堂、寝室、執務室、会議室、客間……一階には大浴場を、地下には牢や貯蔵庫として使えるスペースも入っています」

「豪邸だな……」

驚きのビフォーアフターだった。

「実際に全部見てまわると時間かかりそうだ……」

「じゃあとりあえず寝室に行こ！」

「行きましょうか」

収納袋を取り出しながらビレナが言う。きっと何か持ってるな……。

「ああ」

異論はないので下に降りることにした。というかもうどういう仕組みかわからないが、廊下だけで元の小屋より広いぞ……？

「着いたー！　ここが寝室だよね？」

ビレナがリリィに問いかけながらごそごそと何かを取り出す。収納袋に何か入っていたらしい。

「ベッドですか」

「でかいな……」

三人が寝ても十分余裕がある巨大な天蓋付きのベッドが部屋のど真ん中に鎮座していた。

そしてこの部屋、なぜか部屋から丸見えのシャワールームまで付いていた。どういう趣味だ？

「リントくん。これ、使ってみる？」

「俺が使うより使ってるのを見るものじゃないのか……？」

「にゃはは。じゃあせっかくだし使おっか、リリィ」

「そうですね。良いかもしれません」

さらさらと服を脱ぎだす二人。こうも堂々とされるとこちらがドギマギしてしまっていた。

あっという間にビレナの引き締まった身体とその割に大きなおっぱい。リリィの圧巻の爆乳が目の前に惜しげもなくさらけ出されていた。

「じゃ、リントくんは見ててー」

「ふふ。造っておいて何ですが、ちょっと恥ずかしいですね」

そう言いながら二人が丸見えのシャワールームに入っていった。

「これ、いいのがあるの！」

「あ、王都ではやっていたバブルボムですね！」

「うん！　泡がほら！　こうやって出てきて！」

「ふふ。洗いっこですね」

キャッキャと二人が全身泡だらけになりながらはしゃぐ姿を外から眺める。当然ながらムクムクと息子は大きくなっていた。

と、ガラス越しにビレナがこちらを見つめていた。ガラスに身体を押し付けながら挑発してくる。おっぱいがつぶれてこちら側に見えていた。

『こっちに来る？』

ガラス面に泡を使ってそう書いてくるビレナ。声も聞こえるのにわざとそんなことをする辺り……。

その間もひしゃげてガラス面に押し付けられたおっぱいを手で持ち上げたりリリィのをいじって挑発を繰り返していた。

「ほらほらリリィもやろ！」

「ちょっとこれは……恥ずかしいような……」

「にゃはは。もっと恥ずかしいことしてあげる！」

「えっ……きゃっ!?　ちょっとビレナ!?」

ビレナがリリィの身体を後ろから持ち上げる。

膝の後ろに手を差し込んで持ち上げるため、こちらに向けて足を思いっきり開いた状態になってい
た。リリィの色んなものが丸見えになる。

「ちょっと！　これは流石に……」

「隠しちゃ駄目だよー。サービスなんだから」

「そんな……」

手を使って何とか股間部分だけでも隠そうとしたリリィをうまいこと妨害するビレナ。

そんなことをしながらこちらに迫ってくるものだから、リリィもまた、先端だけおっぱいが押しつ
ぶされた状態で股を開いた光景を見せつけてくるようなことになっていた。

『おいで』

もう一度ガラスに記された泡のメッセージにはすぐに答えた。

服を脱ぎ捨てて泡だらけのシャワールームに入ると、すぐにビレナが飛びついてきた。

「にゃはは！　楽しもう！　リントくん」

「いきなりだな⁉」

入ってくるなり下半身にむしゃぶりついてきたビレナの頭と耳を撫でながら何とか答える。

「ふふ……もう……恥ずかしかったです………ご主人さま」

「いい眺めでした……」

お礼を言う。

シャワールームの中は外から見ていたよりも広く、また下はマットのような素材になっていて倒れ込んでも痛くない。初めからこういうことのために造ったかのようなつくりだった。

そんな考えを見透かしたのか、俺のものを咥えたままビレナがこう告げた。

「んっ……リリィはへぇ、むっつりさんはから」

「喋るときくらいは口を離せばいいのに」

気持ちいいからありがたいんだけど……。

「むっつりじゃないですからねっ！」

むぎゅっと凶悪で巨大な武器を押し付けながら頬を膨ませるリリィ。可愛い。

「むっつりでも好きだから」

「それは嬉しいんですが……いや！　それじゃ私がむっつりのままじゃないですか！　もうっ！」

そう言いながらビレナに咥えられた状態の俺を風呂場に転がして……。

「知ってますか？　ビレナ。ご主人さまはここが弱いんですよ」

「リリィ……何を？　んっ⁉」

仰向けに転がされた状態で足を持ち上げられて、リリィは躊躇いなくアナルに舌を入れてくる。

「おっ、ほんろら。硬くなった！」

チュパッと音を立てながらビレナが口を離すと……。

「え……んぁっ⁉」

「えへへ。どう？　ダブルアナル舐め」

「どうって……うっ……」

「ふふ……ご主人さま、可愛い」

二人が股越しに俺のをひたすら舐める。かと思えばそのまま舌が上がってきて、二人が交互にアナル、タマ、そして俺の分身を丁寧に舐めては戻っていく。

「ご主人さま、そろそろ、挿れたくないですか？」

「私たちも遠征中は我慢してたからもう、我慢できないかも」

舌舐めずりしながら二人が言う。もちろん答えはイエスだった。

「提案なんだけど、俺ばっかりアナル攻められてるのは不公平だから、二人ともやってみない？」

「「え……？」」

戸惑う二人だったけどこういうときにどこから攻めればいいかはもう学んである。

「リリィって、お尻も弱そうだし反応見てみたくない？」

「たしかにっ！」

「ちょっ？　ビレナ……⁉　そういうのは準備が……」

「何言ってんの、浄化魔法ですぐでしょ」

「それはそうですが……って、何で四つん這いにさせられて……」

ビレナを乗せればトントン拍子に進むのはわかっていた。にしても本当に聖魔法、便利だな。

「いくよ？」

「そんないきな……んおづ」

何かすごい声が出た。

「おお……き……はぁ……んっ⁉　あぁっ……！」

「おー、そんなにいいんだ、リリィ」

「ご主人さまには……んっ……聞かせたくなかったのに……あぁっ」

突く度にリリィから下品な声が漏れるのがちょっと癖になりそうだ。それに普通にするよりキツくて……。

「リリィ、このまま出してもいい？」

「えっ⁈　そんな……その……あづ……ずるい……です……今、聞くのはあっ」

「いいってことだ！　いっちゃえー！」

普段は付けてる避妊具も風呂場でしかもアナルということで……。

「いくぞっ」

「んっ⁉　あああぁぁぁあああああああ」

ドクドクと脈打つ感覚がある。リリィの中に流れ込んでいく感覚……リリィはもうお尻だけを高く上げて、力が入らずに倒れ込んでいるが……。

「次は私だよ」

ビレナが何の躊躇いもなく胸で俺のものを挟み込みながらペロペロと舐めてくる。そんなことをされればまだ一回しかイッていない俺の息子は再び臨戦態勢になって……。

「きて……？」

ビレナが正常位のポーズのまま、片手でアナルを広げるように誘ってくる。

「私はリリィほどむっつりじゃないから、いっぱい濡らして準備したから……」

確かにリリィは風呂の泡だけだったが、ビレナは多分スライムローションでほぐしてある様子だった。それを考えるとリリィって……。まあ今はいいや。

「んあっ……はぁあああああ」

挿れただけでビレナが珍しく腰を跳ね上げた。

「ビレナだってアナル、弱いじゃないですか！」

「お預けされてたからだと思っ……ひゃっ……ちょっとリリィ⁉」

リリィがビレナに覆いかぶさるように、前の穴を舌で攻め始めた。

「ちょっと……んっ……あぁっ！」

「ビレナも……れろ……下品な声をご主人さまに聞かれれば、いいんです！」

「ちょっと……だめ……んっ⁈　リントくんも今動かな……あぁぁぁあああああ」

リリィの攻めのおかげと、お預けのおかげでいつもより感じやすいビレナを突きまくる。

普段誰にも手がつけられないほど強くて自由奔放なビレナが今はされるがままというのがまた興奮を煽ってきて……しかもリリィの舌が時折俺のほうにまで伸びてくる。

「イク……」

「私……も……あぁっ」

「ビレナはもう何度もイッてるじゃ……んっ⁉　ちょっと……！」

「こんなところにお尻突き出してるのが悪い！」

「ひゃあっ……もうっ……」

「あっ……はぁ……あぁっ」

二人の攻防も激しくなってきた。リリィの大きな胸の先端をつまんで俺もリリィを攻める。

「んっ……ちょっと……ご主人さま⁉　私はもうっ……ひゃあっ」

リリィは感じやすくて可愛い。

どうせならこのまま三人とも……。

「イクぞ！」

「んっ……はっ……」

「はぁっ……はい……んぁっ……」

お互いの股間を夢中で攻める二人。ビレナを突き上げ、リリィの胸をひたすら攻めて……。

「「あぁあああぁあああああああ」」

二人とも、そのまま倒れ込むように風呂場で脱力する。

「はぁ……はぁ……すごかった……」

「お風呂、いいですね」

「リリィが良かったのはお尻じゃないの？」

「……もう」

顔を赤くしながらも否定しないリリィを見て、またやろうと心に誓った。

◇

「よーし！　星の書を取りに行くぞー！」

昨日あれだけやったというのに、夜が明けるともうビレナは元気だった。

「ご主人さま、ちょっと元気になる魔法です」

「軽いまじないみたいな言い方だけどこれ、上級ヒールだよなぁ……」

外に頼めばこれだけでそれこそ昨日までここにあった小屋くらい余裕で買い取れる金額を要求されるんだが……まあいまさらだな。

「さてと、まだあるといいけど……」

「大丈夫だと思いますけどね。すぐになくなりそうならビレナの勘が働いていたと思いますし」

そう言われるとそんな気もする。

「それにしても、ご主人さまが今星の書を見たら、どうなってしまうのか今から楽しみですね」

「そもそも星の書って何なのかいまいちわかってないんだけどな。変わった指南書だと思ってたから」

俺の言葉にリリィが静かに答えてくれる。

「神の書物、賢者の遺産……色々と呼び方がありますが、歴史上の人物でもこの書物に影響を受けた者は多いはずです」

「ビレナにも聞いてたけど、ほんとにとんでもないもんだったんだな……」

何であんなところに無造作に放り出されていたのだろうか。

「私たちもページをかき集めて完成させましたが、ご主人さまは書物として完成したものでしたか？」

「いや、飛び飛びだった」

「じゃあ残りの分も見つけないとだねー！」

そういえば飛び飛びだった部分、何が書いてあったんだろうな。多分色んな魔物の攻略法が載ってたんだと思うけど……。そう思うともしかしたらカゲロウももう少し楽にテイムできたかもしれない。

「キュクー？」

「まあ今可愛いからいいか」

顔を出すカゲロウを撫でてやると嬉しそうにじゃれついてくる。

「聞けば聞くほど不安になってくるから早く回収したいな。そんな貴重なものなら」

「大丈夫でしょ。あれは読める人にしか読めないから」

「そうなのか……？」

「うん。多分リントくんが私が持ってるやつ見ても、よくわかんないと思うよ？」

パラパラとビレナが実際に書物を開いて見せてくれる。

「んー……ほんとだ。何語かわからない……」

「私はずっと頭に入ってくるんだけどねえ」

ビレナが言う。

「私もこれは読めませんでしたね。まあ、逆に私のもビレナが読めなかったのでわかったのですが」

「なるほどな」

「あとはまぁ、あんなもの普通、信じて使う人のほうが少ないですから」

「にゃはは。普通の教えを無視したトンデモ理論満載だしね。星の書が読めたって、これをやってみようって思う時点でもうまともじゃないよね」

ビレナが言うと説得力がすごい。

リリィもこう付け加えた。

「荒唐無稽に見える内容も多く含まれますが、そもそも星の書は必要とする人間のもとにいつの間にか現れる、とすら言われていますので、星の書と出会った時点で関わる運命だったんでしょうね」

俺はそれしか知らなかっただけなんだけどな……。まあいいか。それより記憶を思い返す中で気になったことがあった。

「そういえば読めない紙が何枚か、あったかもしれない」

「ほんとに⁉」

「あんま覚えてないけど……確か」

そこまで言ったところでビレナが我慢できなくなったように動きだした。

「とにかく行こー！」

「道わかんないだろ！」

慌ててビレナの前に立って先導する。ギルに頼るほどの距離でもないから今日は徒歩だ。

家の前から森の木々を踏み分けて進む。周囲に人の気配もないし、魔物の気配もない。安心しているとビレナが退屈そうにつぶやいた。

「何も出てこないねぇ」

「こんなところでビレナやリリィ相手に立ち向かってくるような魔物がいたら二人に会う前に俺が死んでたよ……」

Ｆランクだった俺が出入りできた森の、ごくごく入り口だ。こんなところにそんな魔物に出てこられてたまるかという状況だった。

「それにしても、人気《ひとけ》もありませんね」

「入り口が向こうのギルド側にあって、こっちは採取するもんも魔物もいないから普通は来ないんだよ」

「そんなところから入っていたということは……」

「まあ、これのおかげで稼ぎを奪われずに済んでたからな」

旨味が少ないとはいえ採取物である薬草類や危険の少ない生き物はいるにはいる。

それらを採って食いつないできたこともあった。

低ランクテイマーだった俺にとって、あちらの入り口から出入りすることは変な魔物に挑むよりよっぽど危険なことだった。

「フレーメル、穴場にはなってるけどほんとに治安が悪いもんね……」

「確かに……この辺りでは最も荒くれ者が集まりますよね」

生まれの地だったので意識したこともなかったが、王都に出てわかった。フレーメルの治安の悪さは異常だ。

王都で言うスラム街の中でも奥地と同じ状況が日常だったからな……。よく生きてこられたものだと思う。

まあ両親も親戚もなく、奴隷を回避するためだけにかじりついて冒険者をやってたから、俺に対しては特に当たりが厳しかったという話もあるんだけどな。

冒険者なんてそもそも、俺と同じように生きるために仕方なくやるか、フレーメルに集まった荒くれ者のようにそれしかできることがなくなったかというパターンが多い気はした。

「冒険者の街、だからな。フレーメルは。命をかける仕事だし、普通に生きていればまあ、あんまなりたいもんでもないか」

「私はなりたくてなったけどね」

「私にいたってはこれのために聖女を一時期やめていましたからね」

二人は本当にレアケースだとは思うんだが、まあこういうのが上に行く人間なのかとも納得できる部分があった。

「まあ私たちのようなタイプが少数派であることはわかりますよ」

「でもさ、冒険者でうまくやれば貴族なんかより全然稼げちゃうからね」

「Sランクともなれば聖女の支給額より大きかったですからね」

「すごい話だな……」

ただまあ、聖女の地位と名声を一旦なげうってでもなりたいかといえば、そうじゃないと答える人のほうが多いんだろうとは思うが。

「そろそろ着く？」

「ああ、見えてるだろ？」

少し先に崩れた石がパラパラと投げ出されている。あれが入り口だ。

初見ではわかりにくいが伝えればわかる、そのくらいの見た目だった。そう思っていた。

「え？　何もないように見えるんだけど……」

「え？」

確かにごちゃごちゃと倒木やら色んなものが転がっているとはいえ、伝えた上でビレナが見逃すとは思えない。

「リリィは？」

「言われてみて初めて、という感じですね」

話をしながらも歩いているので、すでに地下へと続く階段が見え隠れするほどまで近づいているというのにこれだ。

「多分ですが、ご主人さまと星の書が共鳴しているのでしょうね」

「共鳴……？」

「テイマーの書と、おそらく他の書物もあるという遺跡に相性が良いものほど見やすいと、そういうことかと」

「なるほど……」

そうこうしているうちに入り口にたどり着いていた。

「ここだ」

「まあ入ってみよー！」

「そうですね……明かりをつけますね」

リリィが一声つぶやくだけで辺り一面に光が溢れる。

便利だな……魔法。毎回松明《たいまつ》を焚いて何とか明かりを確保していたのが懐かしかった。

「くんくん……うん。生き物のたまり場になってる様子もないよ」

「匂いでわかるのか……？」

ビレナの獣人らしいところをまた一つ垣間見た気がした。

「ビレナが人前でそれをやるのは珍しいですね」

「にゃはは。つい……？」

「ふふ。良いんじゃないですか？　心を許した人の前でしかそういうところを見せないですしね」

可愛らしいところがあるなと思った。

照れ隠しをするように一人先を歩いていたビレナが少し先で声を上げる。

「うわっ……何だこれ」

あとを追いかけると……。

「これは……あのときはこんなところまで見てなかったな……」

「古代文字でしょうか……？」

広くない一本道を作る壁にびっしりと、何か文字が書き殴られていた。

「それにこれって……血、だよね？」

ビレナが指差す先には血痕が見える。飛び散った血がところどころ文字を隠していた。

「リリィ、読めるー？」

「うーん……肝心な部分に血がこびりついていて……これは上から落としても下の文字ごと剥がれそうですね」

リリィは当たり前のように古代文字を解読できるらしかった。

「おっ。何て書いてあるのー？」

「星の書の数、行方、目的……そういった内容ですね」

「それ……すごい情報なんじゃないのか？」

こうもSランク冒険者たちが直接的に関わっている書物の行方がわかるとなれば、Sランクパーティーを目指していく上でも重要な指針になりそうだ。

「で、で！　どこにあるのっ！　何個あるのっ⁉」

ビレナがウキウキしながらリリィに問いかけるが、リリィは静かに首を振った。

「そういった知りたい情報が綺麗に隠されていますね」

「そうなのか……」

とにかくまあ、進むしかないか。

一本しかない道だ。迷うこともなく進み続けて、すぐに目的地である最奥までやってきた。

寂れた祭壇のようなものが見えるが、目的はその前に無造作にばらまかれた書物の破片たちだ。

「久しぶりに来たけど……こんなぐちゃぐちゃだったんだな」

松明の限られた光と違い、辺り一面を照らすリリィの魔法のもとで見ると、乱雑さが際立って見えた。

テイマーの星の書を拾い上げていく。

「あれ？　こっちは違うの？」

「ん？　それは何かこう、さっきビレナのを見たときと一緒かもしれない」

ごちゃごちゃと何が書いてあるのかわからない状況なのだ。

「じゃあ……」

ビレナとリリィはその紙を眺め始める。

俺はとりあえず見える範囲からどんどんテイマーの書だけをかき集めていった。

自然と残るのは他のものになる。ちなみにぱっと見る限り、以前見たいかがわしい書物はなくなっていた。

誰か入ったのか……？　まあギルドには報告してたしな。入った上でいかがわしいものだけ拾って、価値の判断ができないこの辺りのものだけ残していったというならあり得ることだった。

「もはや書物というよりパズルですね……」

「最初からバラバラだったからこれが普通に思うんだけどな」

「それにしても、こんなにバラバラなのにきっちりわかるの、すごいねえ」

「ご主人さまはさらっとやっていますが私たちには違いもわかりませんからね」

二人の話を聞きながら俺は拾い集める作業に集中する。

俺が除外した読めない紙を拾い上げたリリィが声を上げる。

「あ、これは多分、古代魔術に関する記載がありますね」

「読めたのか？」

「スラスラと読める内容ではないですが、断片的に知っている単語がある、という状況でしょうか」

「なるほど……とりあえずテイマーのと、そうじゃないのに分けて持っておいたほうが良いかな？」

「そうしましょう」

二人にとってはどちらもわけのわからない紙だから俺がやるしかない。

ついつい読み込んでしまいそうになる気持ちをぐっと堪えながら、テイマーの書を集めていった。

◇

「これで全部かな」

「ページは揃ってるの？」

「いや、多分足りない」

集めるときに頭に入ってきた内容は少しずつ飛んでいた。読み方の問題を差し引いても、一部のページがないのは間違いなさそうだ。

「にゃるほど！　じゃ、一回出よー！」

ビレナに続いて外へ出て、すぐそばの樹の下に三人でしゃがみ込んだ。

「おお……本当に見えなくなるんだな」

不思議なことに、あれだけはっきり場所がわかっていた遺跡の位置が霞んだようにわからなくなっていた。

流石に入って出てきたばかりだからわかるはわかるんだが、その存在感はまるでなくなっているのだ。

「こういうことだったのか……」

「ご主人さまにも見えなくなったんですね」

「ああ」

不思議な気持ちだ。思い入れがある場所だけに少し寂しい気もした。

感傷に浸っているとビレナが突然こちらに何かを投げてきた。

「リントくん！　ほら！」

「えっ」

ビレナから投げ渡されたのは……。

「爆発果実《ダイナマイトフルーツ》？」

「うん。あのときの」

「何でまた……」

ビレナはリリィにも同じように渡して、自分もさっさと食べ始める。

「なるほど……」

リリィも食べ始めたのでとりあえず食べておいた。

美味しいんだけどな……？　何なんだろう……？

「リリィ。できる？」

「任せてください」

何を……と言う間もなく、リリィの手に持っていた爆発果実《ダイナマイトフルーツ》の残りが発光しだしていた。

しばらく白い光を放ち続けたあと、持っていた爆発果実《ダイナマイトフルーツ》は——。

「苗……？」

「ほらほら。リントくんのも！」

「ああ……」

ビレナの持っていたものも合わせて、リリィの魔法によって三本の苗が出来上がっていた。

「これをさ、あそこに植えようよ」

「幸いご主人さまの家のすぐそばですから。定期的にここに来て、こうして美味しい果物を食べるというのもいいかと思いますよ」

「二人とも……」

気を使ってくれたのか。

二人が持っていた苗も受け取って、確かに、もうほとんど場所がわからなくなっていた遺跡に目印を置くように植えた。

「ありがとう」

爆発果実《ダイナマイトフルーツ》はどこでも生育できるのが特徴だ。きっとこの場所でもうまく育ってくれるだろう。

俺は死にかけた相手ではあるんだが、この場所なら群生はしないし、むしろ冒険者たちにとっても危険より旨味の多いものになるだろう。

「にゃはは。で、何か書いてあった？」

変に暗い空気にならないようにか、ビレナが明るく話題を変えてくれた。

「待った。今確認する」

落ち着いた場所で読もうと思っていたが俺も中身は気になっていたし、もう見てしまおう。

「ビレナ。私たちのものも一緒に出しておけば、足りないページの内容を補完できるかもしれませんよ」

「おっ、じゃあ久しぶりに読もっかなー」

俺がかき集めた紙とにらめっこしてる間に、二人も星の書を取り出して読み始める。

三人でそれぞれ木に寄りかかって、しばらく集中していたが……。

「ダメだ。思ったより足りない」

「ありゃ」

俺が読み終わったと同時に二人とも顔を上げてくれていた。ずっと待ってくれていたんだろうな。

「内容としてはテイマーの伝説、テイマーの心得、テイムの極意、修行方法、魔物ごとのテイム方法とかなんだけど、もうわかってる内容が多かった。肝心の修行方法でわかったのは一つだけだ」

「でも、一つわかったんだね！」

ビレナはいつも前向きだ。

「どのような内容でしたか？」

「書物には己を知れ、とか書いてたんだけど……要するに色んな相手をテイムしてみろってことだった」

初めは信頼できる魔物と心を通わせろ、と書いてあったが……。

「テイムする魔物の質と量をそれぞれ高めていくトレーニングでしょうね」

「質と量、か」

「質はご主人さまの場合もうこれ以上ないですので、量にチャレンジすると……その結果どうなるとかは書いてありましたか？」

「ちょっとページが飛んでたけど、高めたテイムの能力は今いる従魔に還元されるって話だったから、多分みんなが強くなる」

「おー！　いいねいいね！」

強くなる、という言葉にビレナが反応する。

「まあそういう意味では次に向かおうとしてた灼熱蟻はちょうどいいかもな」

「そうですね」

虫系の中でも数が多い蟻が相手なら、ここに書かれているトレーニングとしては最適だ。

「星の書も回収したし、もう行くか？」

灼熱蟻の棲む砂漠地帯は国を縦断して南のほうに向かう必要があると思ってたんだが……。

「ご主人さま、ガザにお付き合いいただいても良いですか？」

「ガザ……？」

聞いたことがあるようなないような名前に首をかしげる。

「フレーメルに来たもう一つの目的はこれです。鑑定士がガザにいるのですが……ガザの老婆、と言えばわかるでしょうか」

「ああ！　占い師の！」

「はい。ですが彼女の本業こそ、私たちが求めている鑑定士です」

ガザの老婆。

百発百中と言われる占い師としてフレーメルでもよく聞く名前だった。

フレーメルの周辺にはガザを始めとしていくつかの村や街がある。中心になるのが辺境伯家のあるビハイド直轄領地だ。大分類で言えばフレーメルもガザもビハイド領ではあるが……確か管理しているのはもっと位の低い貴族だったと思う。

まあそれはそれとして、ガザの老婆は、ガザを中心に転々とすることからその名がついたが、会うのだけで何年も予約待ちになるような存在だったと思う。

「二人が言うくらいだから相当すごいんだな」

「それは安心して！」

「一度ご主人さまのスキルについては見ておきたいと思っていましたが、ガザの老婆以外ではテイム以外のスキルやそのレベルまでは見られないでしょう」

鑑定は鑑定士のレベルによって見えるものが異なる。

最も簡易なものでは基礎スキルが一つわかるだけというものから、現時点のステータスだけでなく成長限界が見渡せるというものや、これから取得可能なスキルの条件がわかるものまでいるという。

鑑定なんて人生においてしてもらう機会があるなんて思いもしなかったからな……。

「ふふ。ご主人さま、緊張していますか？」

なぜかリリィに抱きしめられた。

「緊張……なのかな？」

「スキルもステータスもすべてがわかりますからね……それはつまり、今の自分はこの程度だと突きつけられることでもあります」

「なるほど……」

そう考えると怖い話だ。

「通常、鑑定士はそれがわかっているので、すべての結果を鑑定相手には言わないのですが、ご主人さまについてはすべてきっちり情報を出してもらおうと思いますから」

「大丈夫。全然バロンに勝てなそうなら勝てるまで鍛えてあげるから！」

ビレナの適当さがなぜか心強かった。

そうだな。バロンに勝つためにやってる以上に、ビレナと最強のパーティーを作ると言ったんだ。

現状を確認するのは大事だろう。

今のパーティーの弱点は間違いなく俺だ。弱点を補ってパーティーを強くする。きっとこの繰り返しの果てにあるのがSランクパーティーだし、ビレナと目指す最強のパーティーのはずだ。

「リリィ、ロム婆はどっちにいるの？」

ロム婆というのがガザの老婆か。

ガザ周辺にいることはわかっているにしても一箇所に留まっているわけではないらしいが、リリィは居場所を把握しているらしい。

「方角としてはあちらですかね。ギルちゃんのところに戻るより速いですし、走りましょうか」

「リントくん、ついてきてね」

二人についていく、というのはそれだけでなかなか大変なんだけど……。

「カゲロウ、頼む」

「キュクー」

ビレナの合図に合わせてすぐに精霊憑依を行う。流石に速さでは追いつけないキュルケは定位置であるポケットに入ってもらった。

「よし！　しゅっぱーつ！」

「行きましょう」

二人が声を残して森の中へ走っていく。

色々クエストをやる中で鍛えた成果だろうか。その姿を見失うことなく、何とか追いつくことができていた。

「ふふ。すごい！　リントくん。ちゃんとついてこれるようになってる！」

「だいぶ加減してくれてるだろ⁉」

喋る余裕などほとんどないが一応答えた。

「それでも、会ったときには考えられなかったよね！」

「それもそうか……」

会ったばかりの頃は、それこそ鑑定してもらったところで何の意味もなかったのではないかと思うくらいだ。今だからこそ、こうして一緒にいられるし、やってもらう価値があるだろう。

「こちらです」

「にゃはは！　頑張れリントくん！」

カゲロウの力を目と足に集中させて何とかついていく。

この移動だけでもかなり意味のある修行になるのではないかと思った。

「ご主人さま、私たちは当たり前に走ってますが、Sランクになってる冒険者でも全員がこのスピードについてこられるわけではないですよ」

リリィの言葉は意外だった。

そしてそれが指し示す意味を、ビレナがわかりやすくこう表現して祝福してくれた。

「ようこそ。Sランクの景色へ」

生まれ育った地の森を駆け抜けながらそんなことを言われたせいか、集中しているのに少しだけ前が見づらくなった。ようやく俺も、生まれ変わり始めたのかもしれない。

◇

「着いたー！」

走っていたのは時間にすればあっという間だったと思う。だが時間以上に、色々なものを考えさせられた充実した時間だったかもしれない。

「相変わらず騒がしいねえ。あんたらは」

ガザ地域の集落の一つ。あまり栄えているとは言えない村の小屋にその老婆はいた。

多忙だと聞いていたが他に客はいない。リリィが時間を取っていたんだとは思うが、もしかすると俺たちが来ることを見抜いていたんじゃないかと思わせるような不思議な空気がそこにはあった。

「ロム婆！　久しぶりー」

「あたしをそう呼ぶんじゃないよ、全く！　ロムミルって可愛らしい名前があるんだからね」

その歳で可愛いというのもと思うほどしわくちゃで背も縮んだような見るからに老人らしい老人だが、パワーは感じるな……。

「あんたかい。リントってのは」

「ああ」

「ふふん。この暴れ馬とわがまま聖女にしっかり手綱をつけられるテイマー。なかなか見られたもんじゃないさね。楽しみにしてたよ」

ニタッと笑う老婆、ロムミル。リリィが事前に色々伝えていたようだ。

「さっさと来な。視てあげるよ」

そう言いながらロムミルは小屋の奥に向かい、椅子に座る。

机の上にはそれっぽい水晶玉が置かれていた。水晶玉を挟んで向かいに腰を下ろす。

「よぉし。それじゃあいくよ……」

次の瞬間。水晶が七色に輝きだす。

「おお……」

「このくらいで驚いてんじゃないよ。って……驚きたいのはこっちだわさ。何だいこのスキルは……」

「ご主人さまのスキルはどうでした？」

「どうだったどうだった⁉」

「本当にうるさい娘たちだね！　本人より先に寄ってくるんじゃないよ全く！」

ステータスまで数値化する方法もあるにはあるらしいが、これについてはカゲロウの憑依をどんどん強めていけば大きく変わるということで、主にスキルのほうを見てもらったんだが……。

「そこに出すから離れな」

ロムミルがそう言うと水晶を通じて壁に光が漏れだす。映し出された壁に俺のスキルが表示されていた。

●テイム
限界突破
●エクストラボーナス
(存在進化促進　従魔強化　従魔限界突破　従魔共感　自己強化　信頼強化)

「限界突破って……？」

「悪いね。あたしにゃ測りきれんかったってことさね」

「すごい！　リントくん！」

ビレナが肩を抱いてガシガシ揺らしてくる。

「何がすごいのかわからないけど……」

「ロム婆の鑑定スキルは４Ｓです。それで測りきれないということは、それ以上ということです」

「全くとんだ化け物を連れてきたねぇ、また」

俺のテイムにそんなに力があるのか……？

「よほど練度が高いんだねえ」

「エクストラボーナスがすごいですね……存在進化促進、従魔強化、従魔限界突破……これ、私たちにやったようにテイムすれば強くなるという情報が出回れば人が押し寄せますね」

「にゃはは！　リントくんはやっぱりすごい！」

「痛い痛い！　加減をしてくれ！」

抱きしめて振り回してくるビレナを振りほどこうとしながら伝えるが一向に力が弱まる気配はなかった。

「従魔共感まではわかるんだが……自己強化ってのは何だ……？」

「自己強化と信頼強化はあんたの力が増すって意味さね」

ロムミルが答えてくれた。

「俺の力……？」

「そう。従魔が強くなる、強い従魔を従えると、その分あんたも強くなる。これはテイマーの意外に知られてない基本特性だけどね。あんたはそれがさらに強くなってるって意味さ」

「信頼強化ってのもか？」

「従魔との関係値が深まれば深まるほど、お互いが力を出せるようになる。これも基本特性だけどね、わざわざエクストラボーナスになるくらいだ。普通じゃないんだろうねえ」

「なるほど……」

もうよくわからないがとにかくすごいんだなということがわかった。

「さてと、面白いもんを見せてもらったね」

「もう行くの？」

「そうさね。一つどころに留まると良くない気が流れる」

「それがロム婆の強さの秘訣ですか？」

「若さの秘訣でもあるさね」

「あんまり当てにならなそうだね」

失礼なビレナを一発小突いてから、ロムミルが立ち上がる。いつの間にか収納袋へ椅子も机も水晶玉もしまい込まれていた。

「あんたの力はあんたが思う以上に大きいよ」

「そうなんだな……」

「あたしゃね、強い力を持った子を何人も見てきた。だけどね、強いスキルを、高いステータスを持ってたって、すーぐ死んじまう子も、たぁくさん見てきたさね」

見るからに長生きしているロムミルの言葉は重かった。

「仲間を作るんだよ」

「私のときと同じこと言ってる」

「そりゃそうさね。あんたも同じさ。あんたもね」

「はい」

ビレナとリリィにも同じように忠告を与えていく。

「仲間はね、ただ一緒にいるだけの相手じゃダメさね。自分を止めてくれる強い強い仲間が、必要さね」

「強い……か」

多分、単純な強さの話だけではないし、単純な強さの話でもあると感じた。

「ま、あんたらの場合はそのまんまうまくやりな」

「任せて！」

ビレナが元気良く返事をする。

「じゃ、またそのうち顔出しな。あたしが死ぬ前にね」

「まだまだ大丈夫そうですね」

「言うとれ。ではな」

それだけ言うと風が通り過ぎていった。

次に目を開けたときにはもう、ロムミルはいなくなっている。

もしかしなくても……あのお婆さんも相当強いのかもしれなかった。

「さてとリントくん！　ちょっとは自信ついた？」

「ガザの老婆、ロムミルをして測定不可能のスキルを持ってる人間なんて、大陸中探したってそういませんからね」

目の前に二人いるので実感が薄れるが、興奮覚めやらぬのも事実だった。

「実感はまだないけど、でもやることは決まってるからな」

エクストラボーナスで示されていた内容は、説明を聞けば星の書と一致する項目ばかりだった。

テイムを伸ばせば使い魔の力が高まり、結果的に俺の力が高まる。

強い従魔を作るという課題はクリアしているんだ。数をこなすという課題をクリアしたときどうなるのか、自分でも楽しみだった。

第二章 成長

「暑い……」

「ギルちゃんのいたところより暑いねえ」

王国南部の砂漠地帯。厳密に言えば王国の領地ではなく、誰も管理するものがいない土地だ。

ギルがいたところも火山地帯だったので、立っているだけでダメージを負うほどの暑さだったが、
ここはまた別の暑さがあった。

乾燥していて日差しが強い、砂漠地帯特有の刺すような暑さだ。

「魔道具で何とかなるとはいえ、あまり長居したくないな」

「そうですねぇ」

暑さや寒さを始めとした環境適応のための消耗品は高価だしな。

「ここで灼熱蟻のクエストと、赤宝玉の納品クエストもできるんだっけ」

「はい。赤宝玉はこの辺りの魔物を狩っていれば出てきますから」

「わかった」

とはいえまずは灼熱蟻だな。

「灼熱蟻の女王の納品……しかも生きたままか」

「はい。どう考えても面倒なクエストですので押し付けられた部分もありますが……ご主人さま以上に適任がいないこともまぁ、事実でしょう」

「そうだよな……」

灼熱蟻は働き蟻でも人の子ども並みのサイズがある。女王蟻は見たことはないが、普通の蟻と同じ比率だとしたらジャイアントヘラクレス並みのサイズだ。それを生きたまま持ってくるのはかなり困難だろう。

「女王蟻だけテイムして連れていければいいけど、そういうわけにもいかないだろうな……」

それにそのやり方じゃテイムのトレーニングにはならない。

「大丈夫大丈夫！　リントくんなら巣ごとテイムできちゃうって！」

「簡単に言うなぁ……」

まあでもやらないといけないんだ。腹をくくろう。

ここで逃げて自分が強くなる機会を逃したんじゃ、バロンになんて勝てるはずがないからな。

◇

灼熱蟻の巣は程なくして発見された。

もともと暑さを得意とするカゲロウがその嗅覚を遺憾なく発揮してくれたおかげだ。

「キュクー！」

「よくやった。えらい」

撫でてやると嬉しそうにゴロゴロ転がって甘えてきた。しっぽがぶんぶん揺れている。

で、問題はここからだ。

「流石にちょっと抵抗があるな……」

洞穴ほどのサイズの穴から出入りする巨大な蟻たち。

一匹ずつがそれぞれ人の子どもくらいのサイズで、現に今目の前にある巣の入り口も、入ろうと思えば俺たちが入れるサイズだった。

カゲロウを警戒してか、さっきより忙しなく動いたかと思うと、そのまま巣穴の入り口でじっと固まり始める。

「ご主人さまのテイムの許容量が試されますね」

「見えてただけで数十匹いたからなぁ……」

一体一体がCランク以上と言われる魔物を数十、巣穴の中にどのくらいいるかわからないから下手したら数百を一気にテイムしないといけないのか……。

灼熱蟻は巣から出てきていないが、一度戦闘を始めれば無数の働き蟻が俺たちを取り囲むだろう。

「他の蟻を殺しさえしなければいけると思いますよ」

「そう願いたい」

通常テイマーはテイムできる許容量が決まっているとされており、星の書によればこのテイムの許容量は、魔物との信頼関係が深く関係しているという。

通常のテイマーは魔獣をスキルで押さえつけるため、キャパシティが限られるが、信頼関係を深めた魔獣に対してはキャパシティをほとんど消費しないという話だった。

信頼関係によってテイムの許容量が変わるとすれば、敵対した魔物を強制的に従えるのは難しい。

難しいことはわかるんだが……。

「とはいえ、今回はある程度力業《ちからわざ》が必要か」

これはトレーニングだし、そもそも蟻と信頼関係なんてどう結べばいいかわからないしな……。

「単体ではCランク上位程度の強さですが、危険度はAランク。戦闘になれば数で襲ってきますからね」

「一発でテイムできないと蟻の餌になるな……」

「まぁまぁ、やってみて駄目だったら全部私がふっとばしてあげるから－！」

「最悪の場合は髪の毛一本からでも再生しますし」

「それはもう聖魔法じゃない気がする……」

どちらかといえば闇魔法で見る類いだぞそれ……。

「まぁいずれにしても、ご主人さまの純粋なテイムの力が試されるし、鍛えられるということですね」

いまさら何を言っても仕方ないし、やるしかないか。

「とはいえせめて相手の姿が見えてないと難しいな」

「あ、じゃあ私が手伝ってあげる！」

「え……？」

俺が考えるより早く、ビレナが動きだしてしまう。

「行っくよー！」

「待て待てビレナ」

「遅いですよ。ご主人さま」

いつの間にか距離を取って離れていたリリィがそう言ったときにはもう、ビレナが地面に拳を突き立てていた。

Sランク拳闘士による一撃。地面が揺れ、何もなかった砂漠に一筋の亀裂がはいった。

「キュゴォォォオオオオオオオオオオ」

「おー来た来た。じゃ、あとは頑張ってね、リントくん」

「ここからスタートするのかよ……⁉」

他の蟻を殺さなければいけるって話は何だったんだ⁉　最初から敵意全開じゃないか！

いやビレナなりに加減はしたのかパッと見て死んでる個体はいないない様子だけど……。

壊された地面から出てきた無数の灼熱蟻に取り囲まれる。その巨大な顎を赤く輝かせながらこちらを睨みつけていた。

「お前たちの相手はなるべくしたくないんだよな……」

カゲロウを纏ってとりあえず距離を開けて対応する。何かあってもまずはキュルケに対応してもらおう。カゲロウでは火力調整を失敗して燃やしかねない。

「きゅっ！」

キュルケが小型の剣をギュッと握りしめて応えてくれた。

「まずは見えてる範囲、やってみるか」

手をかざして目の前の蟻たちに呼びかけるようにスキルを行使した。

「テイム！」

最初のターゲットは目の前に見えている三匹だ。

「お？」

意外なことにダメ元のテイムが三匹中二匹にうまく作用したらしい。

テイムのやり取りは相手の要求とこちらの要求のすり合わせ。俺はとにかく危害を加えないから従ってくれという要望だけ。

灼熱蟻が求めてきたのは個ではなく集団としての要望だった。自分たちの安全を保障するならテイムに応じるという、まとめればそういう意識が流れ込んできた。

「ビレナがやったからか……」

灼熱蟻たちからすればSランク冒険者の突然の襲撃を受けた形だからな……。まずはテイムを二匹に行《おこな》ったところ、不思議なことに周囲の灼熱蟻のすべてから敵意が消えていた。

「すごい！　リントくんほんとにこの数をテイムしちゃったの？」

「いや……二匹だけのはずだったんだけど……」

実際に今の時点で、ある程度でも意思の疎通ができるのは前にいる二匹だけだった。他の奴らはよくわからないけど、とりあえず戦う意思がなくなったらしい。触角の手入れを始めたり壊された巣を修復しようと動き出したりとそれぞれ自由に動き始めていた。

「女王蟻にたどり着ければいいか」

しかしこれ、味方につけたと言い切っていいのかよくわからないことに加え、騙し討ちのように女王蟻を持っていくの、気が引けるな……。

そんな考えを感じ取ったのかテイムを受け入れていた灼熱蟻がソワソワ動きだす。

まぁこの依頼は確か研究用で悪いようにはしないはずだったし、テイムしたやつも含めて渡せばいいか。

「女王蟻、連れてきてくれたりするか？」

「ゴググググ」

「グググ」

何て言ったかはわからないが、とりあえず返事をして巣穴に入っていった。しばらくすると手が足りなかったようで他の蟻にも呼びかけて壊れた巣穴を修復しつつ掘り進め始める。

「リントくん見て見て！　何か出てきたよ！」

「これは……すごいですね」

灼熱蟻たちがこころなしか誇らしげにこちらを向いていた。

その後ろ、それでなくてもそこそこの大きさのある灼熱蟻たちが複数匹いるというのに隠れきれない巨大な赤い芋虫のようなものがうごめいていた。

「これが女王蟻か」

「蟻には見えませんね……」

「あんな感じなんだねー」

戦闘能力はないはずだが、万が一女王の身に危害を加えようとすればたちまちすべての蟻が襲いかかってくるだろう。

「くれぐれも何もしないでくれよ」

「にゃはは。わかってるよー」

「ご主人さまが徐々にビレナのことを理解してくださっているようで頼もしいですね」

二人にそんなことを言われつつ、俺は出てきてくれた女王蟻と対面する。

「まあ、テイムを投げかけてみるか」

——テイム

「なっ……ぐっ……⁉」

無数の蟻たちの思考が押し寄せてくる感覚に襲われ、一瞬めまいを起こした。

「大丈夫ですかっ⁈」

「ああ……」

すぐに落ち着いて、女王蟻の意識が重なってくる。女王の名に恥じない母性を感じさせた。

「条件は全員の安全の確保、か……」

全部連れていけるのか……？

「テイム、できたの？」

「いや……全員の安全が確保できるなら応じるって話だけど……」

「ご主人さま。これを」

そう言ってリリィが収納袋から巨大な箱を取り出した。小さな袋から巨大な箱が出てくるのは何回見ても不思議だな……。

「これは？」

「ギルちゃんにくくりつけられるように改良した輸送コンテナです。ここに入ってもらえれば安全に運べますよ」

「なるほど」

女王の指示で全員コンテナへ移動させてくれれば安全を保障すると伝えると、安心したように、何かこちらまで包み込むようにテイムに応じた。

「おぉ……？」

女王蟻をテイムした途端、不思議な感覚が身体を襲った。

「これは……」

「キュグゴゴゴ」

「ゴゴゴゴ」

「キュゴゴ」

女王をテイムしただけで、すべての灼熱蟻がテイムされたようにきちっと動き始めた。

「虫の魔物は個の意識より集団で生きているって星の書に書かれてたけど、こういうことか……」

「それにしても、やらせておいて何ですが本当に全部テイムしてしまうとは……」

「やっぱりリントくんすごいねー！」

集まってきた灼熱蟻たちの数は俺の予想を超えて百以上。一匹ずつテイムをしようとしたんだがすでにテイムされている扱いになっていた。

女王蟻のテイムがこいつら全員のテイムと同義だったことを考えると、確かにキャパシティという意味では相当負荷がかかったと思う。

「ビレナとリリィ、強くなった感覚とか、あるか?」

「そうですねぇ……フルパワーを出してみないとわかりませんが……」

「あ、じゃあちょうど赤宝玉の回収もあるしこの辺でちょっと暴れよ――」

ビレナが言いかけたところで、突然地面に揺れを感じてカゲロウを憑依させる。

「なんだ!?」

足元の地面が隆起したかと思うと、勢いよく魔物が飛び出してきた。

「ジャイアントデスワーム?!」

ビレナがこの辺りを滅茶苦茶にした影響がこんなところに出たらしい。

当然二人も反応しているが、位置関係的に近かった俺が対応する。還らずの草原の主であるBランクモンスター、ドワーフデスワームよりも危険度が高い相手だ。

「キュルケ!」

「きゅっ!」

初撃はキュルケに対応させ、土中から繰り出してきた突進攻撃を弾かせる。本当に頼もしい相棒だ。

「カゲロウ! いくぞ!」

「キュクー」

体勢を崩したジャイアントデスワームに一気に詰め寄って、カゲロウの炎を乗せた拳を突き出した。

「グギャガァアアアアアア」

それがジャイアントデスワームの断末魔の叫びになった。

「ふぅ……」

良かった。砂漠地帯は本当に、何が出てくるかわからないな……。

「リントくん！　すごいよ！　強くなってるね！」

「え……？」

言われてから気づく。

「あ……」

「ふふ。灼熱蟻をテイムした効果、しっかりあるじゃないですか」

確かにそうだ。

ジャイアントデスワームは危険度B+の魔物。その奇襲を察知して、倒しきるなんて芸当……。

「キュルケちゃんもカゲロウちゃんも強くなってる。その分がリントくんにもしっかり反映されてたよ」

「そうですね。最後の攻撃はビレナと一緒に行動してきた結果でしょう。このくらいの相手なら素手で戦えたじゃないですか」

そうか……。俺は、強くなれたんだな。

まだ相手はB+。実際に戦う相手はSランク級のバロンだ。安心できる状況ではない。

だがそれでも、自分の成長を実感できるというのは嬉しかった。

「グギギ」

「グゴゴ」

なぜか灼熱蟻たちが称賛するように俺の周りに集まってくる。

「ふふ、ご主人さまは本当に、懐かれるのが早いですね」

そうか……。ジャイアントデスワームは彼らにとっては敵対する魔物の一つだった。しかも今は女王が無防備に地上に姿を晒《さら》している状況だ。

灼熱蟻は数で対抗するから一方的に蹂躙《じゅうりん》されることはなくとも、ジャイアントデスワームを相手にすれば被害は免れないくらいの力関係のようだった。

「この子たち連れていけばかなりの戦力だよね」

「勘弁してくれ」

今からの移動だけでも結構大変なんだから……。

「さてと、じゃああとは赤宝玉だったよね！　何個だっけ？」

ジャイアントデスワームを手際良く解体しながらビレナが言う。

その手には目的の赤宝玉が握られていた。

宝玉は上位の魔物たちから採れる希少部位。溜め込んだ魔力が結晶化したものだ。

かなり貴重なはずなので、一個目が手に入ったのは幸運だ。

「あと三つですね。この近辺の魔物を三百くらい倒せば三つくらい集まる計算ですね」

「じゃあ百ずつかな！」

ビレナが楽しそうに宣言する。

だが今回は珍しく、二人の思惑を俺が止められそうだった。

「いやそれに関しては多分、大丈夫」

「え？」

このまま話が進むと、こんな立ってるだけで大変な環境で魔物を百体倒して解体するまで帰れないサドンデスが発生する。それは避けたい。

そんなことを祈っていたら灼熱蟻の女王から巣穴に宝玉が複数あることを聞き出せたのだ。

「頼めるか？」

「グゴゴ！」

元気に返事をしたあときっちり列をなして壊れた巣穴に入っていく灼熱蟻たち。

「ご主人さまの力は相当なものだとは思っていましたが……ここまでとは……」

宝玉があることを二人に伝えるとリリィが驚いてまた何か考え込んでいた。

「たまたまこいつらが持っててくれたのが良かっただけだろ？」

「いえ……ここまでの意思の疎通、そもそも灼熱蟻を巣ごとテイムする許容量、一瞬で相手からこれだけのものを引き出すのはやはり、星の書のテイマーという感じがしますよ」

「わっ。ほんとに持ってき……あれ？　こんなものまで……」

「虹宝玉……⁉」

ビレナとリリィが驚くほどのものが出てきた。

「これ一つで赤宝玉千個の値打ちはありますよ！　あらゆる魔法具や武具の素材になる伝説級の素材です」

「おお……」

リリィの興奮具合からもそのすごさがわかる。

「何でこんなものを……」

「聞いてみるか」

「聞けるんだねーすごい！」

ビレナに褒められながら女王蟻から情報を引き出すために意思の疎通を図る。

他の蟻よりも女王蟻のほうが引き出せる情報が多いのは何か知能とかに差があるのかもしれない。

「わかった」

「おお！　何だって⁉」

「オーロラドラゴンが近くにいたらしい」

「オーロラドラゴン……三属性以上持ちの竜ですね……」

「テイムしちゃう⁉」

「いや……それがもう死んでるらしいんだよ。これは死にかけのオーロラドラゴンの巣からたまたま持ってきてたものらしい」

「なるほど……」

宝玉は魔物のエネルギー源にもなると聞いていたが、これは彼らにとっても最大級の大物だったらしい。だが移動にあたってどうせ捨てるからと持ってきてくれたようだった。

灼熱蟻は習性として巣の移動の際に備蓄は捨てておいていく傾向があるらしく、移動することが決まった途端巣の中身への執着は驚くほどなくなるようだった。それより動きが取れない幼虫や女王を持ち運ぶことが大事だとか。

「というわけで、何か他にも色々持ってきてくれるらしいから、もらおう」

「おおー！」

「流石ですね」

このあとも続々と出てきたお宝の価値を一つ一つリリィに説明してもらい続けた。

「すごかったー！　リントくん！　もう一個くらい巣穴つぶそっか⁉」

「物騒なこと言うな！」

だがSランク冒険者のビレナが興奮するほどの収穫量だったことを考えると、ある意味では効率のいい話なのかもしれないが……。

「ふふ。とにかく、これで一段落ですね。一度納品もしないといけませんし、行きましょうか」

「直接研究所に持っていってもいいんだったよね？」

「そうだったと思います。ギルドに持っていってもそのあと運ぶのが大変でしょうしね」

研究施設に向かうと女王蟻以外の蟻たちまで運び込んできたことが非常に喜ばれ、報酬も当初の三倍になっていた。

◇

「あやつらうまくやっておるかの……いや、やりすぎておらんかどうかが心配なくらいか」

王都ギルドマスター、ヴィレントが独りごちる。

執務室に積み上げられた書類を片付けながらも、頭に浮かぶのはリントをリーダーとしたあのパーティーのことばかりだった。

「ふむ……あのバロンを倒す、か。いけるかのぉ……」

蓄えたひげをさすりながら天を見上げる。

「Sランク……それはある種、評価することを諦めた果ての冒険者たちの称号なんだが……あやつらを見ておるとこのシステムも少し考えねばならんな……」

ヴィレントの考える序列でいえば、テイムブーストを覚えたビレナやリリィはもやは、神話に登場する英雄に匹敵する能力を有しており、それはSランク相当といわれるバロンと比較しても大きく差があることは明確だった。

Aランクという最高位の称号ではくくりきれなかった者をまとめてSランクとしていた制度だが、もはやビレナとリリィはその枠を超えている。

「そしてリント殿も……近いうちにそちらにいくであろうな」

ヴィレントには確信があった。

数多の冒険者たちを導いてきたギルドマスターをして、リントの冒険者としての素質は異常なほどに高い。

「星の書と出会うものはどうしてどれもこれも……いや、それがまさに、星の書に選ばれる資格なのやもしれんな」

ついぞ自分の前には現れなかった魔術師の書を一瞬思い、頭を振って思考を破棄する。

「考えても仕方あるまいて」

だがそれでも、ヴィレントとて冒険者として名を馳せた実力者。最上位のAランクを超え、規格外《Sランク》の称号を得た伝説級の冒険者である。

自分が到達できなかった景色を見てみたいと焦がれる気持ちもまたある。

だからこそ、規格外《Sランク》を超える逸材であったビレナやリリィを育てたし、今回のリントへの課題もそうだった。

ビレナの暴走を止めるための方便としてリントに戦わせるよう指示したヴィレントだったが、実のところ狙い通りでもあったのだ。

そして彼が用意した依頼もまた、リントの成長を最大限サポートする最高のものを揃えていた。

「ビレナのやつに引っ張り回されてるうちに随分強くなりおって……」

ヴィレントが初めてリントを見たときの感想は、伸び代はあるがまだまだという状況だった。ここまではヴィレントからしてみれば、よく見る冒険者たちと同じなのだ。

どれだけ才能があろうと、磨けば光る原石であろうと、磨く前に死ぬほうが圧倒的に多いのが冒険者。

ビレナが目をつけた以上生き延びる可能性は高いとはいえ、ビレナは必要以上に無理をするところがある。ついていけなくなる可能性も十分に考えられていた。

「だが……食らいついたのだ」

リリィが加入した今、リントの安全性は格段に上がっている。

今あのパーティーから死人を出そうとすれば、国を超えてそれこそ……魔王討伐用の勇者たちのような連合パーティーを作っても実現できるかわからない。

こうなればもう、ヴィレントとしても期待せざるを得ない。リントがどこまでいけるのか、その限界を見てみたいと胸を躍らせながら選んだのが、三つの依頼だった。

ジャイアントヘラクレスは、Ａランク冒険者の中でも上位を目指す上で登竜門と言える巨大で力強い相手との一騎打ち。

これはリントに足りなかった精神面を実力に追いつかせるために必要なステップだった。

次に灼熱蟻。数の少ないテイマーではあるが、それでもヴィレントなりにテイマーとしての資質を伸ばすにあたって最も重要と考え送り出したクエストだ。

ヴィレントの考え通り、リントたちはパーティーとしても大きな成長を得られた。

そして……。

「氷狼との戦い……炎帝狼《えんていろう》は苦戦するであろうなぁ」

楽しそうにヴィレントが笑う。

リントがバロンに勝つためにはどうしても、精霊憑依のレベルを一段上に高めなければならない。

そのために選んだのが氷狼の剥製納品の依頼。

「ただでさえAランクの魔物相手に、上位従魔のドラゴンと炎帝狼が不利な雪原環境……これを乗り越えれば……」

夢想する。

かつてAランクにたどり着いたテイマーのことを思い出しながら。

「我が国からSランクテイマーが出せるかもしれん……いや、そのような枠で収まらんかもしれんな」

書類の確認も進み、一息入れたところで執務室の扉がノックされる。

「入りたまえ」

「失礼します」

王都ギルドは優秀な職員が集まるが、彼女はその中では中の下。仕事はこなすが目立った活躍は見せない。

「ご依頼されておりました近辺の最新の魔物の出現情報の確認書になります」

「ふむ……見よう。君は仕事に戻ってくれ。ありがとう」

「いえ……」

優秀すぎる職員では、その裏の目的まで考えてしまう。

だから仕事を忠実にこなすだけの彼女を選んで、この依頼をしていた。

「やはり……バロンは自重《じちょう》はせん性格だろうて」

ヴィレントがほくそ笑む。

上位の魔物の出現率が低い場所を地図でつないでいけば、それがすなわち……。

「居場所は突き止めたぞ。あとは……強くなって戻ってこい。リント殿」

久方ぶりに感じる胸躍る感覚をうちに秘め、ヴィレントは三人の冒険者たちのことを思い、窓の外を見つめていた。

◇

灼熱蟻の納品を済ませた帰り。

砂漠で見つけたオアシスに戻るために俺たちはもう一度あの不毛の地にギルを飛ばせていた。

「わざわざ何で……」

「にゃはー。だってほら。外で、あんなたっぷり水があって、しかも人がいない場所なんてなかなかないからさー」

「そうですね……暑くて仕方なかったですし、どうせならあの砂漠で気持ち良くなりたいというのはわかります」

オアシスが近づいてきたときにはすでにビレナとリリィの目が夜モードになっていて……。

「ギルちゃん！　もうそのまま飛び込んじゃえ！」

「えっ？　えぇぇぇぇぇぇ」

「グルルルル」

——バシャーン

巨大な水柱を立てながら、ギルが楽しそうに水に飛び込んでいった。

その勢いで俺たちもギルから放り出されて水に突っ込んだんだが……。

「はー、気持ちいいー！」

「何で二人とも裸で……」

オアシスで光と水を浴びながら惜しげもなく二人が均整の取れた裸体をさらけ出していた。

「だって誰もいないんだしっ！　ここまで派手にドラゴンが飛び込んできたら魔物だってなかなか近づかないから」

「そうです。あら？　ご主人さま、もう元気になったんですね」

「ふふ……してあげよっか？」

こちらの答えを聞くまでもなく二人が俺のほうにやってくる。

立ち上がれば膝程度までしか水がない場所だから二人とも俺の足元にしゃがみ込みながらズボンを脱がしてきて……。

「わぁ……もう立派ですねぇ」

「まあでも、流石に外だし、リントくんだけかなー？」

「そうですね。私たちはちょっとお預けで……」

「そうなのか？」

「だってリントくん激しいから、流石に私たちまでしばらく動けなくなっちゃうと怖いでしょ？」

それは確かに……と思っていると……。

「えいっ」

「どうですか？　ご主人さま」

二人のおっぱいが、俺のものを奪い合うように挟み込んでくる。すごい光景だ。四つのおっぱいが一つのチンコを支え合う。

「いただきまーす」

「あっ、ずるい」

ビレナの胸に持っていかれてそのまま咥えられたかと思うと、取り返すようにリリィの胸が俺のものをまた包み込んでいく。

行き来する度に二人の唾液が絡み合っていく。

「ちょっと動かしにくいかなぁ」

「濡れてないですからね……れろ……」

十分気持ちいいんだが、ビレナたちはまだまだやってくれるようだ。どうするのかと思っていたら……。

「あー……リリィ、こっち向いて？」

「えっ……んむっ?!」

ビレナが突然リリィにディープキスをする。

「んんっ!?」

「えへへ……」

二人の間にはおっぱいで挟まれた俺の息子がある。もぞもぞと動かれる刺激もいいんだが、それ以上に二人が交換し合う唾液が垂れてきていつの間にかローションいらずの潤滑剤で満たされていた。

「むっ……はぁ……もう、いきなり……」

「にゃはは。でもほら、動かしやすくなったでしょ？」

「それはそうですが……んっ……乳首が当たると、あっ……感じちゃいますね」

「リリィは感じやすいからなぁ」

「あっ……だめ、ですよ？　今は」

「わかってるよー。今日は二人でリントくんにご奉仕だねー」

そんなやり取りに入る余裕がないくらい、攻めに集中した二人のテクニックは凄まじかった。

「ほんと、リリィはエッチな聖女だよね」

「ビレナに言われたくありません」

レロレロと舌で攻められながら二人は競い合うように俺に奉仕を続ける。

「そろそろイケそう？」

「今日はひとまず一発で満足してもらわないといけませんからね」

二人とも両手で大きな胸を動かしながら、そんなことを言う。

正直なところもう限界は近い……。

「というより、そろそろイッてくれないと私が我慢できないかも」

「それは……」

そう言われて視線を下げると、ビレナもリリィももう垂れるほどに股間を濡らしていた。

その様子を見て興奮が増して……。

「イク……！」

「あっ」

ビレナが反応良く俺のものを咥え込む。そのまま口の中にすべて注ぎ込んだ。

「はぁ……ありがと……」

「んっ……」

口に出されたものを俺に見せつけながら、ビレナが頷いたかと思うと……。

「お裾分け」

「えっ……んむっ?!」

そのままリリィの口に流し込むようにディープキスをした。

「むっ……んぅ……」

リリィは苦しそうにしながらも、なぜかそれすら嬉しそうに飲み干して……。

「ごちそうさまでした」

すっかり出来上がった顔で俺に微笑んだ。

その後、リリィが悶々としたまま移動する羽目になったのは言うまでもなかった。

◇

「で、次は氷狼……って見るからに寒そうなとこに行かされるんだな……」

王都北西の山岳地帯が次の目的地だ。

しかも氷狼はその山岳地帯の頂上付近にしかいないという。

「ま、行ってみよー」

いつも通りビレナは雑だった。

「いいからいいからー！　ギルちゃん！　よろしくね！」

「グルルルゥァアアアアアア」

細かい目的地はビレナが知っているようだったので、伝えられた通りに指示を飛ばして飛んでもらった。

「ところで何か二人とも厚着になったな？」

見れば普段と違うもこもこした衣装に着替えている。これはこれで可愛いと思ってたらビレナが自分からアピールしてくる。

「可愛いでしょー？」

「それはそうなんだけどさ」

「ご主人さま……その、私は」

「もちろん可愛い」

「良かった……」

「いや二人が可愛いのはいいんだけど、俺がこのままなのって……」

「着いたー！」

ビレナは話を聞いてくれなかった。

「ここって……」

今はギルの上にいるから特に寒さは感じていなかったが、辺りは一面雪景色に変わっていた。ギルの上は魔法障壁があるからな。

「さて！　何のために来たでしょうか！」

「氷狼の剥製……ってのはわかってるけど……」

「ぴんぽーん！　というわけで、頑張って！」

「え？」

周りは見渡す限りの雪原。だからまぁ、落ちても大丈夫なんだけど……。

「えぇぇぇぇぇぇぇ」

まさかほんとに突き落とされるとは思わなかった。

「ぐえっ」

ぼふっと雪に突っ込む形で着地した。

「寒っ⁉」

砂漠地帯までは耐えきれたとはいえこの環境は流石に装備の性能でカバーできる範囲ではない。

慌てた様子でキュルケとカゲロウがついてきてくれる。

「きゅきゅー！」

「キュクー」

「大丈夫大丈夫」

心配そうにすり寄ってくる二匹を撫でる。二匹の体温が心地よい。

「ビレナ！　いきなり突き落としたら危ないでしょ。ご主人さまだって自分から飛び降りれば着地できたでしょうに」

それはちょっと怪しいんだけどそういうことにしておこう。

「にゃはは。ごめんねーリントくん！」

全然反省の色が見られないビレナ……。まあいいか。ほんとに危ないことはしないだろうし、今のもいたずらの範疇《はんちゅう》だと思おう……。

二人の着地を待つ間カゲロウを撫でていたのだが、カゲロウの様子がおかしいことに気がついた。

「お前も……寒いのか？」

「キュクゥ」

こころなしか元気のないカゲロウが申し訳無さそうに鳴いた。

「ここに来た理由はそれです」

リリィは天使化で羽を広げてふわりと降り立つ。

一方ビレナは完全に力尽くだった。着地の直前に地面に向けて拳を突き出し、風圧で自重《じじゅう》を相殺していた。周囲の雪をすべて巻き上げながら降りてくる豪快さもリリィとは対照的だ。

「条件、状況によって力が出せないこともあります。ギルちゃんもこの地域は苦手でしょうから、帰りの時間までは暖かいところに戻っておいてもらいましょう」

リリィの話を受けてギルにそう指示を出す。何周か心配そうに旋回したあと、来た方向へ戻っていってくれた。

そうか。いつもカゲロウに頼りきりというわけにもいかないというわけか。

「リントくんも寒いでしょ？　新しく買った装備はある程度耐性があると思うけど」

「寒いのは寒い……」

耐えきれないというほどではないが、動きが落ちるのは間違いないだろう。

「憑依させてみてください。二人にとって良い結果になりますから」

「ああ……カゲロウ」

リリィに言われるがままにカゲロウを呼ぶ。

「キュクー！」

呼びかけるといつものように嬉しそうに俺にまとわりついてきて、多少は慣れてきた精霊憑依を行《おこな》った。

「その状態ならカゲロウちゃんは寒さでステータスが落ちたりはしないんじゃないかな」

「あー、確かに」

俺も楽だし、カゲロウも寒さの影響を受けていなかった。

「憑依のメリットはこういうところにもあるのか」

すごいスキルだな。もちろん憑依するカゲロウ自身が強いということも関係しているのは間違いないんだが。

「しっかり使いこなせばカゲロウちゃんが単独で暴れるより何倍も強くなりますからね」

「キュクゥゥウウウ」

強くなるという言葉に嬉しそうに反応したカゲロウ。

確かにそうでなくては、憑依の意味はないからな。

「どのみちバロン相手に憑依なしじゃ、すぐリントくんが倒されちゃうからさ」

「そうだったな……やらなきゃか」

寒さを防ぐ魔道具は発動させたんだが、二人の服装と同じでこの辺りはもう感覚の問題だった。寒そうな景色を見れば寒さは感じるのだ。そこにカゲロウの憑依は、感覚として暖かくなれてありがたかった。

「氷狼って剥製にする場合、どうやって倒せば都合いいんだろうな……」

「テイムはしないの？」

「剥製にするためにテイムするのはちょっとなぁ……」

その使い方は多分できない。俺のために死んでくれと頼むようなものだ。

俺の気持ちを置いておいたとしても、野生の生き物にそんな要求が通るとは思えないし、騙し討ちもできない。

その可能性が俺の頭をよぎった瞬間にテイムの効力は切れるからな。

「通常は内部破壊系の魔法を使うか、ビレナの場合は脳震盪《のうしんとう》にするとかですかね」

「何というかこう、身体の中にだけダメージが入るように『ひゅんっぱん』ってやるんだよね」

ビレナの言葉はいつも通り全く参考にならなかった。

「剥製の件は置いておくにして、いつもほど補助がないカゲロウちゃんをどう使いこなすかに集中したほうがいいかもしれませんね」

「え、そうなのか？」

「はい。影響がないのはあくまでステータスだけ。カゲロウちゃんの余裕はなくなっていることはなくなっていますから、いつもと勝手が違うとは思いますよ」

試しに動いてみる。

「おお……」

「ぎこちないねえ」

いかに普段カゲロウが気を使ってくれていたかがわかるというものだった。普段の補助機能がない俺は雪山だと移動すら困難なところから始まることになった。

最初に竜の巣で一緒に動いたことを思い出す。

「リリィに手とか引いてもらう？」

「そうしましょうか？　ご主人さま」

「いやいや……」

絵面としてあまり良くない気がするが……。

「私の手を取るのは嫌ですか？」

「そんなわけはないんだけど」

「なら良かったです」

無理やり手を握られる。

「少し恥ずかしいですね」

顔を赤らめたリリィは可愛かった。だがそれどころじゃないくらいの変化が生まれている。

「これは……」

「少し、魔力を流しています。流れを理解すれば少し掴めるかと思って」

「すごい……」

身体に流れている自分の力とカゲロウの力が合わさっていく感覚を受けた。

ジャイアントヘラクレスと戦ったときの比ではないほど、うまくエネルギーが流れていくのを感じる。

これが本来目指すべき、俺とカゲロウの連携なのだろうか。

「ではこのまま、カゲロウちゃんの力をコントロールしてください」

「コントロール？」

「例えばこれをほら、足だけに寄せて……」

「おお……」

リリィの手助けによりエネルギーが足元に集中していく。今までもやっていたつもりだったが、いかにこれまでカゲロウのおかげでコントロールが成り立っていたのかよくわかる状況だった。

今はリリィの助けで何とかできているが、自分一人じゃまた力を暴走させることは間違いない。片足に力を入れたつもりが突然飛び上がったり、最悪の場合足が破裂するようなことも起こしかねないくらい、今のカゲロウはコントロールが利いていない。

「まずは私が補助しますから、少しずつ慣れていきましょう」

「ああ……」

リリィに合わせてもらいながら少しずつ力のコントロールを学ぶ。

慣れてくると何となくだがわかってくる。

例えば目の前のものを持ち上げたいと思ったとき、いちいち手を前に出して、ものを力加減をしながら掴み、腕に力を入れて持ち上げる、などと考えてやることはないだろう。

だがカゲロウの力を使うときには、これら一つ一つの動作を頭に思い描きながら丁寧に使っていく必要があった。

これがリリィのおかげでどうにか、手を離してもある程度の部分までは意識せずともできるようになってきたのだ。

「細かいコントロールはカゲロウちゃん主体になっても良いと思いますが、多少でもご主人さまができることが増えるのは良いかと」

「確かに」

確かにこれがあるかないかだけでだいぶ変わる。

今までもコントロールしていたつもりといえばつもりだったんだが、リリィのおかげでもう少しできることが増えそうだった。

「というわけで、氷狼とやってみましょう」

「早くないか⁉」

言うが早いかリリィがいつの間にか捕まえていた一匹の氷狼をこちらに投げ込んできた。

相変わらずこの二人は考える暇を与えてくれない……！

慌てて武器を取り出したが、今回は両手剣ではなく小回りの利く片手剣にする。

向こうも向こうで何が起きているのかわからないといった様子の氷狼がキョロキョロと辺りを見回したあと、俺を標的としてロックオンした。

「クァアアアアアアアアア」

甲高い特有の雄叫びを上げ、こちらへ向かって雪原を蹴って跳んでくる。

「カゲロウのコントロールなしでどこまでやれるか……！」

飛んできた氷狼の攻撃を、足に力を集中してかわす。それだけで氷狼は驚いて隙を見せるんだが、こちらもそこに攻撃できる余裕はない。

「いかにカゲロウに頼りきりだったかがわかるな……」

「キュクー」

なぜか申し訳無さそうにカゲロウが肩を落とした。

「頑張ろう」

俺も余裕がないため短くそれだけ伝える。

「キュ！」

カゲロウには伝わったようで、同じように短く返してくれた。

何とか着地するとすぐ氷狼の爪が襲いかかる。

「カゲロウ！」

「キュクゥウウウウウ！」

力が落ちているとはいえ炎帝狼の持つ力は絶大だ。

氷狼の攻撃は氷の爪によるもの。カゲロウに少しだけ身を委ねると、俺の腕から氷を撃ち破る火属性の攻撃が生み出される。

「クッ⁉」

思わぬ反撃に氷狼の動きが止まった。

今回は俺も地に足をついていたので追撃の余裕がある。

「カゲロウ。いくぞ！」

「キュクウウウウウ！」

もう一度カゲロウの炎を剣に纏わせ、ガラ空きになった氷狼の横っ腹に突き刺した。

「クアァァァアアアアア」

断末魔の叫びを上げて氷狼が倒れていった。

「はぁ……はぁ……いつもと違う体力を使った気分だ」

「ふふ。お疲れ様」

声をかけてきたビレナのもとには外傷なしに捕まえられた氷狼の姿があった。

「何とか勝ったけど……これだと剥製にはちょっと厳しいな……」

「キュクゥ」

「氷狼自体は何匹でも討伐対象だし、練習しよう」

「キュクー！」

「いやでも休憩は欲し――」

そんな言葉がビレナに届くわけはなかった。

「どんどんいこー！」

「クァアアアアアアアアアアア」

満面の笑みでビレナが捕まえた氷狼をこちらへ投げ渡してくる。もちろん元気なままだ。

「カゲロウ、いけるか？」

「キュ！」

何とか気合いを入れ直して氷狼との戦いに挑んだ。

◇

「死ぬ……」

ビレナの手にかかった氷狼たちが無限に湧いて出てくる状況になってしまっていた。途中からもう、周囲の氷狼の生息数が……とか、そんな心配まで頭をよぎり始めるレベルだった。

「いや……そんなこと考えてる余裕はないな……」

とにかくカゲロウとともに徐々に技の練度を高めていくことに集中する。

それによって少なくない犠牲が氷狼たちには生まれたが、数をこなした結果ようやくある程度意識せずともカゲロウの力をコントロールできるようになってくる。

「そこだー！」

ビレナの声に合わせて氷狼の脳天に突き出した拳。

最初こそ剣を使っていたがどうあっても傷つけてしまうので、二人の提案を受けて素手で戦っていた。

拳は氷狼の頭を捕らえたが、これまでのようにカゲロウの炎で焼き尽くされたり、勢い余って弾け飛ぶようなこともない。

無事コントロールをされたその拳によって、目立った外傷のない氷狼を一匹、確保することができた。

「できた……」

「やったー！　おめでとーリントくん！」

「素晴らしいですね。これならSランク級であるバロンにも太刀打ちできそうです」

良かった。二人がそう言うならと安心して腰を下ろす。倒した氷狼は数十に上り、それまで一度も休んでいなかったことにいまさら驚きを感じていた。

「すごい集中力でしたね」

「いや……周りが見えていないだけというか……」

そもそも二人に俺を休ませる気がなかっただけというか……。

ただまあ、何はともあれこれでヴィレントからの依頼はすべて達成したはずだ。あとはバロンを倒すだけ。

いやもちろん、その先にはビレナと約束した最強のパーティーを作るという目的もあるし、そのためにもリリィのしがらみである神国のごたごたを片付けないといけない。

でもまずは、俺なりにやりきったんじゃないかと思えたくらいには、充実感のある疲れを感じていた。

「お疲れ様です。ご主人さま」

「ありがと。二人に付き合ってもらえたおかげでだいぶ、強くなれた気がする」

「ふふ。リントくんに強くしてもらえた分に比べたらまだまだだからね！」

「そうですね。ようやくご主人さまにも自信がついてきたように思えますが、私たちが感じている感謝の念に比べればまだまだもっと、ご主人さまは欲張りになってくれてもいいんですよ？」

そう言いながらもふもふした厚着の胸元をはだけさせようとするリリィ。

グッと来るものはあるが、流石に今は寒いだろう。

「あとでな」

「あら……この辺の可愛らしさはいつまでもなくさないでいただきたいんですが……」

リリィはそう言うが俺がこの先どうなったとしても、リリィに勝てる気なんかしないんだけどな。

色んな意味で。

「じゃあとはバロンだねー！」

ビレナが明るい調子で言う。

ヴィレントのところに報告かと思ったが……。

「すでにヴィレントからは、バロンの居場所について割り出した情報が送られてきています」

「もうそんなところまで……」

流石王都ギルドマスター。手際が良い。

「キラエムから攻めてくる気配は相変わらずないようですので、バロンさえ押さえれば王国内の問題は解決します」

「そうか、いよいよか……」

自信はついた。

実力も間違いなく、ついたはずだ。ヴィレントの選んだクエスト、それを使った二人の指導を経て、間違いなく強くなっている。

「クエストの報告で一回ヴィレントと会うって言ってたけど、このままバロンとやるのか？」

「それですね。どうも今王国側と交渉中とのことだったので、全部片付けてからでも良いかもしれません」

リリィはヴィレントとやり取りをしてくれているらしい。

「じゃ、バロン、やっちゃおっか」

ちょうど良くギルも戻ってきてくれた。

ビレナの掛け声と一緒に、雪原をあとにする。

滅龍騎士団長バロン。どこまでの強さかわからないが、少しだけ戦うのが楽しみになっている自分もいた。

◇

「教皇は捕えられ、聖女殿も敵に回った……か」

深い夜。森の奥で一人、焚き火を前に肉を食らうバロンの姿があった。

「ふふふ……面白い」

先程無謀にもバロンに勝負を挑み敗れた魔物の肉を引きちぎりながら、バロンは笑う。

すぐそばには肉塊と化したグランドベアーの亡骸が横たわっている。危険度Bランク上位の魔物だが、バロンが戦ったのはその中でも一際大きく、強い個体だった。

だというのに、バロンを前にすればまるで勝負にならない。一刀のもとに斬り伏せられ、こうして食卓に並べられるに至っている。

「シーケス、いるのだろう？」

「はっ……」

「言った通り、ネズミはそのままにしてあるな?」

「はい……ですが……」

バロンがネズミと言い捨てたのはギルドの放った調査員たちのことだ。バロンを探しているわけではないのだが、結果的にはバロンの網にかかることになっていた。

「良いのだ。野放しにしておけ。あれは餌だ。我々は釣り人だ」

「釣り人……ですか」

通常より遥かに割の良い依頼だったこと、またそもそも推奨ランクの高い場所の調査だったため、調査員たちは軒並みBランク以上の上位冒険者であったのだが、バロンはおろかシーケスですら彼らの上をいっている。

大陸中を見渡しても、バロンを超える実力者はごくごく限られている。だからこそ、バロンはこう考えたのだ。

キラエム派に仇なす聖女一派を、ここで一網打尽にできると。

「ああ、釣り人だ。待っていれば必ずやってくる。向こうからやってきてから動けば良い」

「はい」

シーケスは未だ教皇派の復活を信じて行動している。教皇が現れれば真っ先にバロンを頼ってくるのは間違いない。これは聖女も、バロンも、考えは同じだ。

だからこそ、バロンは今は待っているだけで良い。居場所を突き止めるであろう聖女たちが、この付近で教皇を餌に自分を呼び出してくるまで。

「食うか?」

「いえ、私は……」

バロンが肉を頬張る。

当然、聖女たちが一筋縄でいかない相手であることは重々承知していた。自分と同じSランク相当の聖女と獣人、あとの一人もギリギリながらシーケスに勝ったテイマー。

それでもバロンは、勝算はあると考えていた。

いやそれ以上に、キラエムを深く知ってしまったバロンにとってみれば、選択肢は一つしかなかったのだ。

キラエムは神聖なる神都において、いつの間にか大陸屈指の闇魔法の使い手になっていた。その真価は、他者を犠牲にすることで力を発揮できるというもの。

要するにキラエムは、神国民全員を人質に取った状態で、神国のクーデターを成功させたわけだ。

闇魔法の心得があるバロンだからこそ、キラエムと敵対することなど、選べなかった。

ここで聖女と教皇を連れ帰れば自分の地位は約束されるはず。そこに縋り付くしか、残された道はない。そうバロンは考えていた。

教皇派のまま無垢に役割に没頭できるシーケスを、少し羨ましく思うほどだった。

食べ終わったバロンが立ち上がる。魔獣に突き刺さっていた斧を一振りし、血を払う。

「団長殿……？」

「何もない」

要件が終わったことを悟ったシーケスが再び闇に溶け込む。

教皇に生かされ、教皇の指示だけで生きてきたシーケス。無論教皇に仕えた理由はその信仰心ゆえなのだが、それでも指示がなければ神の意向などわからないシーケスにとって、バロンは神国の象徴として頼れる存在であり……そして……。

「何をお考えに……いや、私はただ、ここで言われた通り、彼らを見逃すことしか……」

夜が更けていく。

神を信じて教皇に仕えたシーケスに、神も教皇も切り捨て、キラエムについたバロンの考えなど、わかるはずもなかった。

第三章 決戦

森の奥の開けた一角。

周囲の木々がちょうどない場所を選び俺たちはバロンを待っていた。

場所はほとんど特定しているとはいえ、ピンポイントというわけにはいかない。そのためこんな手段に出たわけだ。

「ここで待ってれば来るのか」

「ええ。餌も持ってきましたし」

「餌……か……」

「んー！　んー！」

猿ぐつわを嚙まされ、全身ぐるぐる巻きにされた教皇が地面に転がっていた。

これだけ見ると完全にこっちが悪役みたいだな……。

「バロンは枢機卿《すうききょう》派なのに、これで餌になるのか？」

「教皇派のシーケスと一緒に行動しているという情報を掴んでますから、シーケスからバロンにすぐ伝わってやってくるでしょう」

「バロンはそれで動くタイプなんだな？」

話だけしか聞いていないが、私欲のために動くという印象が強く頭に残っている。

「ええ。バロンは単体戦力でいえば相当な実力を持っていますし、それに伴って自信もあります。私はバロンとやり合ったことはありませんから、私相手でも、ビレナ相手でも、自分の力を誇示してみたいと考えるのは不自然ではありません」

「なるほど……」

俺には少しわからない世界ではあるが、それでもまぁ、そういう人間がいることは目の前の二人を見ていればよくわかる。

「それに――」

リリィが何を言いかけようとしたかはもう、俺にもわかった。

「教皇と聖女の身柄は良い手土産になる、か」

「さすがご主人さま。まぁこちらとしても、バロンと戦うにあたって落としどころを見つけないといけませんから、これも必要でしょう」

「んー！　んーんーんーんー！」

リリィにこれ扱いされてまた何かわめき始める教皇。

「うるさい」

――ドゴ

「んっ⁉」

ビレナに強制的に静かにさせられていた。

大丈夫かあれ……？　かなり鈍い音がしたけど……。ああ、でも何も言わずにリリィが軽くヒールをかけていたから大丈夫なんだろうな。

「ご主人さまはこちらに集中していただいて大丈夫ですから」

「ああ……」

もう考えても仕方ないので戦いに備えて集中することにした。

もともと開けていた場所ではあるが、さらに俺が戦いやすいように森の一部を力尽くで開拓し、障害物をいくつか残しつつもカゲロウと俺が動きやすいスペースを確保している。

「来たね」

「いよいよですね」

程なくして一人の騎士が現れる。

黒を基調とした全身鎧には魔法陣と思しき意匠が凝らされており、実用性と見た目を兼ね備えた高級品であることがひと目で窺える。

フルフェイスの全身鎧では隠しきれない強者のオーラだけですでに、それが待ち人であったことを身体に理解させせられていた。

正面からその圧をかけられると思わずたじろぎそうになる。

「私を呼びつけるとはな」

フルフェイスの兜からくぐもった声が聞こえる。

「久しぶりですね。バロン」

「聖女殿……」

バロンは猿ぐつわを噛まされて転がる教皇には興味なさげだが、後ろに現れたシーケスが叫び声を上げた。

「猊下！　今お助け――」

「待て」

シーケスを止めたのはバロンだった。

兜を取りながらシーケスに指示を出したんだが、バロンの素顔に俺が驚かされた。

「あれ？　女？」

「あ、リントくんは知らなかったのか！」

やや褐色気味の肌に勝ち気な瞳。輝く長い髪が兜から解き放たれたようにさらさらと宙を舞う。ダークエルフだろうか……？

「ご主人さま、好みですか？」

「好みというか、リントくんは守備範囲が広いからなぁ」

何も言うまい。

「こうして見るとバロンって結構綺麗な顔してるよね」

「そうですね。ビレナと違って日焼けではなく最初から肌があぁなっているのも面白いですし」

「私を愚弄するかっ！　聖女殿をどのようにして取り込んだか知らぬが、私はそう甘くない。聖女殿も猊下も、返してもらうぞ」

シーケスの手前だからか、それとも建前だけか、そんなことを言いながら斧を構えるバロン。

「今すぐ解放するっ！　そしてあの御方のもとへお連れするのだ！」

シーケスが隣で「あの御方……？」とつぶやくのが見えたが、そちらを気にする余裕はなくなった。

バロンは背負っていた大斧を振りかぶり、こちらへ飛び出してくる。

「……スピードは、ビレナほどじゃないか」

ビレナの本気と違って目で追える。いやこちらに余裕すら生まれる速度だった。

「精霊憑依」

カゲロウを改めて身に纏う。

森の中に不自然に開けた草原。戦うために程良く岩や木々を残したはずなんだが、まっすぐこちらへ向かってくるバロンには障害物など意味をなさないようだった。

「うおぉおおおおおおおお」

木も、岩も、何もかも薙ぎ払いながら障害物を避けることなく一直線の最短距離でこちらに迫っていた。

「リントくん、頑張ってね」

「まずは倒さないと、あとのお楽しみもなくなっちゃいますよ。ご主人さま」

「ほんとに二人は……」

とはいえ余裕はないのですぐにカゲロウと意思の疎通を図る。キュルケも臨戦態勢だ。

ギルは置いてきていた。Sランク級であるバロンを相手にするにあたって、ギルは弱点になりかねない。

俺が空を飛んで戦うことに慣れていないならデメリットのほうが大きいということで、留守番を任せている。

心配そうに鳴いて送り出してくれたギルを思い出す。

「負けられないな」

カゲロウを憑依し、バロンの攻撃をかわすために地面を蹴る。エネルギーは足にすべて集中させる。

最初は避けるだけでいい。

Sランク級のバロンを相手するにあたって戦術は二パターンある。

敵が力を発揮する前にとにかく畳み掛ける方法と、敵の出方に合わせて対策を練る方法だ。

バロンの性格を知るリリィの助言を受け、俺は後者を選んでいた。

「バロンは何というか、勝つためなら手段を選ばないところがありますからね……」

「手段を……？」

「ええ。不意打ち、毒、幻術……闇魔法の使い手ということもあって、特にバロンを追い込んでしまうとこういった厄介な攻撃が増えます」

「なるほど……」

だがこれはバロンが追い込まれたときだけの話、ということらしい。

「基本的には実直な性格ですし、互角以上にやれていると本人が思っている間はまっすぐぶつかってきます」

「じゃあとにかくバロンを優位に立たせながら、こっちはカウンター狙いか」

「先手を打とうにも後《ご》の先《せん》を取られやすいですしね。今のご主人さまなら、相手の手の内を一つ一つ出させて潰すくらいでいいかもしれません。パターンがわかったところで畳み掛けましょう」

というわけで、序盤は専守防衛のつもりだった。

リリィの言葉を思い返しながらバロンの攻撃をかわす。

「なっ⁉」

避けられると思っていなかったようで、驚いた様子のバロンが声を出してこちらを睨む。

「おお……」

いや俺も驚いた。斜めに跳んで逃れようとはしたらまさか頭を飛び越えて背面まで跳ぶとは……。

カゲロウ、気合いを入れすぎだ。

「キュクー」

肩から顔を出すカゲロウが申し訳無さそうにするので撫でながら着地のためにもう一度集中した。

幸い驚いて固まったバロンは追撃してくる様子もない。

いや、追撃できない理由はもう一つあったが……。

「あ、心配しなくても私たちは見てるだけだからさ」

「賊の言うことなど信用できるかっ！」

「賊ときましたか……」

俺が背面まで飛び越えてしまったことにより、俺とビレナ、リリィに挟まれるような状況になる。

ビレナとリリィと俺を順番に視界に入れながら挟まれていない場所へ後退し、挟撃のような状況から立ち位置を調整するバロン。

挟み撃ちにされて困るのは俺も同じなんだが、シーケスに動く気配はない。それにシーケスに関しては、ビレナとリリィが目を光らせていることもわかっていた。

「ま、信用はしなくていいけどね」

「ふんっ」

完全にはビレナたちを無視することはできないとはいえ、二人はバロンに対しては全く戦意を見せていない。俺もびっくりするくらい二人は無防備だった。バロンにしてみれば全員敵なんだし、そっちから手を出しかねないのでは？　と思うほどだ。

だがバロンは、一旦戦意のない二人ではなく俺を狙うことにしたらしい。

またこちらへ向かって駆け出してきたかと思うと今度は振りかぶった斧が光を帯び始めていた。

「うぉぉぉおおおおおおおおおおおおおお」

光を放つ斧……これはリリィから聞いている技だ。

そのまま突進してきたバロンが斧を振り下ろす。

「――っ！」

ひとまず斧そのものを避けることには成功する。ただ向こうも最初から、直接は狙ってはいない。

地を這うように光の奔流が俺のもとに襲いかかってくる。その姿はまるで光の龍のようだった。

「実際に見るとすごいな……」

意外にも冷静に頭は動くようだ。考えながらカゲロウの力をまた足に集中させて避ける。

だがバロンの動きはそこで終わらなかった。

「ふんっ！」

空中に逃げた俺に向け、大斧を横薙ぎに振り回す。

「これは……！」

聞いていた技の応用だ。

射程圏内に俺はいないが、高速の切り返しにもあの龍が乗せられることは間違いない。

「キュルケ！」

「きゅっ！」

キュルケの小さな剣が光を放つ。

バロンの斧の動きはやはりただのハッタリではなかった。

光の龍がこちらへ向けて方向を変えて襲いかかってくる。

「いけるかっ⁉」

「きゅっ！」

剣を持って光のほうへキュルケが飛び出していった。

「きゅぅうぅうううううううう」

「何っ⁉　馬鹿なっ！」

キュルケの持つ小さな剣と光が作り出した龍が拮抗し、空中にバチバチと火花のような魔力波を撒き散らした。

「きゅううううっ！」

「ぐぅ……くそっ！」

勝ったのはキュルケだった。

鍔迫り合いに競り勝ち、そのまま光をバロンのほうへ向けて打ち返していた。すごいな……キュルケ。

「化け物め！」

「きゅっ」

なぜかキュルケは誇らしげだった。

「よし。じゃあこっちから行こうか」

「……何だそれは」

収納袋から武器を取り出す。

大刀、それも槍にくくりつけられたような、異様なサイズの武器——偃月刀《えんげつとう》だ。

片刃の大型の剣というだけでも、両刃のものに慣れているバロンには異質に映ることだろう。ましてそれが長柄となればなおさらだ。

「行くぞ」

「ちっ……」

今度はこちらが地を蹴りバロンに向けて飛び込んでいく。

初めからこの偃月刀一本で勝つ気はない。バロンが受けに回ったときに取る行動を見るためだ。

万が一俺に何かあったときに、ビレナとリリィになるべく多くの情報を残すという目的もある。あの二人がやられるとは思わないんだが、相手もSランク級の化け物なんだ。リリィが知らない技だってあるかもしれない。

だから色々、試せるものは試しておこうと思う。

「カゲロウ！」

「キュクウウウウウウ！」

カゲロウの炎を刃に乗せ、赤く煌めいたそれをバロンに叩き込みに行く。

「甘いわ！」

「おお……」

バロンの取った行動に素直に感心する。俺の振り下ろした偃月刀を避け、そのまま回転を利用してその背を足で勢い良く踏みつけていた。偃月刀は地面に深く突き刺さり、容易には抜けなくなる。

そう、抜こうとすれば十分すぎる隙を作れるくらいには、深く地面に突き刺さっていた。

「もらった！」

「甘いな」

「何っ⁉」

だが俺のターンは終わらない。

地面に突き刺さる偃月刀はすぐさま捨てる。あれは武具屋で貰った量産品。すぐに次の武器を構え直した。

「小癪《こしゃく》な真似を……」

「次は両方刃があるからな」

重量のある両手剣に切り替えバロンと向き合う。

今度は足は使いにくくなるだろうが、さあどう来るか。

また同じように、カゲロウの補助をフル活用しながらバロンへ向けて剣を振り下ろした。

――だが

「そう何度も同じ手が通用すると思うな」

「おおっ⁉」

バロンは斧を器用に使いこなし、何と俺の持っていた両手剣の腹めがけて綺麗に振り抜いていた。


――パァアアアアアン！

「すごい威力だな……」

手にしていた両手剣は腹の部分を撃ち抜かれたことで中心部から木っ端微塵に破壊されていた。

慌てて収納袋からもう一度、両手剣を取り出して構える。

今度のはしっかりした一点物、そう易々《やすやす》とは壊されないはず。

「お前は手品師にでもなるつもりか？」

バロンの挑発を受ける。

まあこうもコロコロ武器をとっかえひっかえしていたらそうも見えるかもしれないな。

「行くぞ！」

再びバロンが斧を白く輝かせながら駆け出す。

「カゲロウ！」

「キュクウゥウウウ！」

カゲロウの炎が大剣を螺旋状に駆け巡る。

正面からの力比べだ。

「うおぉおおおおおおおおお」

――ガキン

鈍い音が鳴り響く。

「重たい……！」

バロンの攻撃を受けてみて初めてわかる。素の力じゃ差がありすぎる。

「カゲロウ！　頼む！」

「キュクウウウウウウ」

カゲロウの力を借り、腕と足、鍔迫り合いのためだけに力を割り振って対抗した。

「驚いたな……だがっ！」

「ぐっ……」

それでも力負けしているらしい。

じわじわとバロンの斧が迫ってくる。

この両手剣じゃやっぱり駄目か……。このままではジリ貧。集中力を高める。

◇

「リントくん、もし鍔迫り合いになったら、ちゃんと逃げられる？」

「ん？　カゲロウの力を足に集中したら、多分」

「んー、まあやってみたほうがわかりやすいか。構えて」

「はっ？」

ビレナが適当な剣を片手に思い切りこちらへ向けて振り下ろしてきた。

慌てて持っていた大剣でそれを受ける。

「ぐっ……」

「ほらほら、ちゃんとカゲロウちゃんに頼らないと、やられちゃうよ？」

「わかってる！　カゲロウ！　いけるか⁉」

鍔迫り合いを制するために上半身と、粘るためだけに足元にもエネルギーを分散していった。

だが——

「勝てないっ⁉」

「ふふ。ここからどうする？」

話をしながらも力は緩まる気配がなく、じわじわビレナの持つ剣がこちらへ迫ってきていた。

「一度離れたいけど……これじゃあ」

「そう。逃げるために力を使うとね——」

——パァン

「鍔迫り合いで、負けちゃうんだよ」

◇

ビレナとのやり取りが頭を駆け巡る。

このときの対処法は二つだ。超集中で瞬時に力の入れどころを切り替え、相手の刃が届く前に逃げ切るか……。

もう一つは——

「キュルケ！」

「きゅっ！」

「くそっ⁉」

少し卑怯な感じもしたが、キュルケの力を借りることだった。

ビレナいわく、テイマーなら当然。リリィいわく、魔法使いに二つの呪文を使うなというようなもの。ということで、この技は積極的に使うことにした。

「はぁ……助かった」

「本体が強いテイマーというのは厄介だな……」

「どうも」

褒められて悪い気はしない。

「従魔にも弱点がないときた……だがそれほどの力を持ちながら後ろの二人に比べれば無名もいいところ……面白いものだな」

「竜殺しが相手だから今日は竜は封印させてもらってな」

「そうか。残念だ。いればそこから切り崩せたものを……」

バロンの構えが変わる。

これまで斧を振りかぶっていたのに対し、身体の前で斜め下に向けて構えを取る。剣で言えば下段の構えだが、振り下ろしがメインの斧でその構えを見るのは初めてだった。

「竜殺し。その名にふさわしい技を見せてやろう」

言い終わるやいなや、バロンの纏う雰囲気がこれまでのものとガラリと変わったのを感じ、冷や汗が流れた。

ゾッと背筋が凍るほどの異質な魔力を放出してきたからだ。

「これは……闇魔法⁉」

バロンの足元から黒い魔力が渦を巻いて幾重にも折り重なっていく。

下段に構えた斧を飲み込むように、黒い魔力が斧の周囲をモヤのように包み込んでいった。

「行くぞ……」

これが最後の交戦になる。

ビレナも言っていたが、いかに長期戦を覚悟していたところで高ランク同士の戦いはすぐに決着がつくことが多い。

その理由がこれだ。

竜が一匹飲み込まれるほどの魔力を人一人が耐えきれるはずもない。リミッターを外した超級の実力者たちは、一撃で相手を葬る。

だから、戦いは長く続かない。

「ならこっちも、最大火力で迎え撃とうか」

収納袋から柄の部分しかないあの武器――魔法剣を取り出した。

まだ使いこなせているわけではない。

だが、あれに対抗するためにはこれしかないと直感が訴えかけてきていた。

「カゲロウ。頼むぞ」

こちらもフル出力で迎え撃つため、カゲロウの魔力を全身にたぎらせる。

相手が黒い魔力で身を包んだのに対して、こちらは白に近い高純度の炎の魔力で身を包んだ。

その力を徐々に、剣身として浮かび上がらせていく。白く輝く一本の大剣が生まれていた。

「来い」

「うおぉおおおおおおおおおおおおおお」

飛び出したバロンはもはや、黒い魔力の塊だった。

身体を飲み込むように展開された闇魔法が、バロンの身体ごと一つの大きな竜のように形づくっていく。

「行くぞ、カゲロウ！」

「キュアァアアアアアアアアアアアアアアアアアアアアアアアアア」

カゲロウの鳴き声に共鳴するように、全身が、そして大剣が輝きを増していく。

鍔迫り合いなど起こらない、純粋な魔力の勝負。

黒と白の強大な魔力がぶつかり合い、森全体を大きく揺さぶるほどの爆風を生み出していた。

その交戦の後、俺はまだその場に立てていた。

「勝った……？」

周囲は土煙と魔力の余波でよく見えないが、黒い竜は消え、バロンもどこかに消えている。

俺とカゲロウだけは、おそらくだけど無傷でその場に立っていた。

——だが

「リントくんっ！」

「えっ？」

ビレナの叫び声。

土煙の中から一筋の光がこちらへ襲いかかってきていた。

「詰めが甘かったな」

遅れてバロンの声。

すでに光は俺の目前まで迫っていた。よく見ればそれは、最初に見た光の龍の形をしている。

——良かった

「キュルケ！」

「きゅきゅー！」

「なっ⁉」

ここに来て隠し球でも持たれていたらどうしようかと思っていた。だがバロンはもう、手の内をすべて開示してくれていたらしい。

視界が奪われた状態で出てきた技は、最初に見た光の龍だけだった。これならもう、対策済みだ。

「くっ⁈　きゃあああああああああ」

キュルケがその光を綺麗に弾き返してくれる。思ったよりうまくいったな。

そして今何か、可愛らしい悲鳴が聞こえた気がした。

「貴様っ⁉」

「お、おお……」

キュルケが弾き返した魔力波はもろにバロンに襲いかかった。

弾き返してなお、それなりの威力があったようで、バロンの甲冑がところどころ弾け飛んでいる。

そう。綺麗に胸の周りとか、太もものところとか。

褐色の肌。その程良い膨らみの先端には薄いピンクの乳首が見え隠れする。手で覆ってはいたが咄嗟のことで完全には隠しきれていない様子だった。

「さすがご主人さまですね」

何か勘違いしたリリィに褒められる。ちなみに教皇はいつの間にか意識を刈り取られていた。

「くっ……一体何が……」

装甲が外れてむき出しになった胸を押さえながら後退するバロン。

「良い甲冑はダメージを受ければ外れますからね。しかし……なぜ中に何も着ていなかったんですか？　そういう趣味が？」

「違うわっ！　甲冑と一緒に吹き飛んだだけだ！」

リリィの煽りに丁寧に答えるバロン。

何か一気に緊張感がなくなったな。

シーケスも呆気にとられて固まっている。

ちなみに甲冑は剣や弓から身を守るのには有効だが、打撃武器を相手にすると形が変わり、大した威力でなくても当たりどころによっては身動きが取れなくなるという欠点がある。そのため高価な鎧ではダメージを受けたときに可動範囲が狭まらないよう、魔法で自動的にパーツごと外れていく仕組みになっている物が多い。

しかしまあ、甲冑の中までこうも綺麗に吹き飛ぶものなんだな？

甲冑と浅黒い肌に綺麗なピンク。アンバランスな格好で必死に身体を隠すバロンはもう、Sランク級の脅威ではなく、ただの恥じらう乙女になっていた。

「貴様……！」

俺の視線に気づいたバロンが顔を赤くして睨みつけてくる。

ただもう、すでにSランク級の実力者としての尊厳は崩れ去っているため先程までのような恐怖を感じることもない。いやまあ、脅威であることは変わらないんだろうけど……何かね？

「カゲロウ」

「キュククゥー！」

呼びかけると一声鳴いてから、俺が纏う炎を一部引き連れてバロンのもとへ飛び出していく。

「はっ？　きゃあっ」

体勢不十分。胸を隠しているせいで斧を構えることも間に合わず、バロンは炎帝狼の炎に囲まれる。

「ひっ……まさかこれ……帝狼種……！」

「ああ、気づいてなかったんだな」

カゲロウが近くに来て初めて気づいたらしい、相手の強さに。

「じゃあわかると思うけど、その状態から勝てる相手じゃないはずだぞ」

「くっ……」

いかにバロンが実力者であっても、この体勢から逆転することは難しい。万が一何かおかしな動きをとればその身を炎で焼き尽くされる。

まあもともとカゲロウって、ツノを生やしたビレナでも圧倒できる相手じゃなかったもんな。バロンとビレナの強さの比較はよくわからないにしても、準備なしで勝てる相手ではないはずだ。

思考を戻してバロンを見ると、涙目になった青い顔をこちらに向けていた。

「お願いします……殺さないで……」

そんなひどいことするように見えたんだろうか。

二人を見て意思を確認する。

「んー、どうする？　リリィ」

ビレナがリリィに問いかける。

「どうしましょう？　ご主人さま？」

リリィが俺に問いかけた。あれ？　結局こっちにボールが返ってくるのか。

「どうするかな……」

まあこうなるともう、目の前で怯える女をわざわざ殺すのは忍びない。可愛いしな。

と、油断したそのときだった。

「ふっ」

「しまった……」

カゲロウの炎に囲まれていたはずのバロンがものすごいスピードでこちらに迫ってきていた。憑依はほとんど解いている。うっすらとカゲロウの炎に身を包んでいるとはいえ、バロンの攻撃を受けきれるとは思えない。

だが――

「甘いなぁ」

ビレナのその声はどちらに向けられたものだったか。

「!?」

バロンが信じられないものを見る目でビレナを見ていた。

憑依を解いている俺にはもう、目ですら追えない速度だったからな。

次の瞬間にはもう、バロンの持っていたナイフを弾き飛ばして組み伏せていた。首元にいつでも命を刈り取れるよう、手刀が添えられている。Sランク拳闘士の手はまあ、そのまま凶器だよな……。

「リントくん、油断したねー」

「面目ない……」

「まあ、この期に及んでこんなことをやらかす騎士がいるなんて、普通は思いませんよね」

リリィがフォローしてくれるが、その情報を事前にリリィから提供してもらっていた身としては生かせずに申し訳無いという気持ちが湧き起こる。勝つためなら何でもやる相手だった。

「リントくんはあとでお仕置きかなー！」

顔が夜になってる。搾り取られるやつだ……。

まあ仕置きとか関係なくいつもそうなんだけど……。

「あとシーケス、動いたら教皇、殺すからね？」

「っ……!?」

ビレナがそう告げるが、シーケスはどちらにしても動けずにいた。

「騎士団長ですら勝てないなんて……」

絶望に顔を染めるシーケス。そこにリリィが優しい笑顔でこう告げた。

「シーケス、神国は変わります」

「変わる……？　聖女様、ですが神の教えは……」

「そうですね。神の教えは不変のものです。そしてその神の教えを直接聞くことができるのが、私でしたよね？」

「そうですが……それはっ?!」

リリィが天使化する。神々しい姿にシーケスもバロンも動けなくなる。もちろんビレナが見張っているというのもあるが。

「神のお導きによって、ご主人さまが神国の指導者になるのですよ」

「ご主人……この男……いえ、この方がですか?!」

シーケスの目から敵意が消え去ったのが見えた。

むしろ反転するように、俺を見る目が何かありがたいものを見るような、そんな表情を見せてくる。

ほとんど同時に表情が曇る。

「ああ……我が主に私は……私は……」

ああ、ちょっと前に俺を殺そうとしてたわけだしな……。

「ふふ。ご主人さまなら大丈夫です。寛大ですからね」

「本当ですか?!」

縋り付くようにシーケスがこちらを見る。

「そうだな。裏切らないなら」

「もちろん。私は神に忠誠を誓うのです。もはや貴方に仇なす理由などあろうはずがありません！」

「なら……」

リリィとビレナが目で訴えかけてくる。「テイムしろ」と。

「悪いが、俺の傘下に加わってもらうぞ」

「ありがたき幸せです」

シーケスは祈りを捧げるように片膝をついて俺を拝み始める。

調子が狂うが……。

「テイム」

「——っ?!　これは……これが神のお力なのですね！　全身に力が溢れてきます」

その様子を見ていたリリィが小声で俺にこう言ってきた。

「シーケスはまぁ何というか、見ての通り思い込みの強い子ですからね。ご主人さまのテイムの恩恵もいち早く感じ取ったんでしょう」

「なるほど……」

「これでこちらは問題ありません」

そう言ってバロンに向き直ったリリィ。

それまでの光景に呆気にとられて固まっていたバロンに、リリィがこう告げる。

「さて、こういうところがあるので信用できないんですよね。騎士団長様は」

リリィのほうは笑顔の裏に竜もびっくりな負のオーラを携えてきていた。直接その目を向けられたわけでもないのに俺が少し後ずさりしそうになったくらいだ。

その圧を直接受けたバロンはもちろん、大変なことになっていた。

炎帝狼の炎に囲まれたときより、ビレナの手刀が首元に添えられたときより、リリィが笑顔で近づいたときのほうが怯えた表情を浮かべるバロン。

「ひっ……」

「バロンは知っての通り、私の治癒魔法って手足くらいなら再生できるんです」

それだけ言うと身体とほぼ同じ長さの大杖を振り上げ、バロンの足元に突き刺した。

「あ……」

当たれば足が吹き飛ぶだろう威力をまざまざと見せつけられるバロン。

ガタガタと震えながら冷や汗を流していた。ビレナが押さえつけてリリィが脅してるさまってもう、いよいよほんとに悪役感が強くなるな。

「意識も戻せてしまうので……そうですね……。死ぬよりつらい思い、いくらでもできるんですが、どうしますか？」

「ごめんなさい……ごめんなさい……」

顔をあげられなくなったバロンはぶつぶつ謝り続けるだけになった。

「にゃはは。そこまでしなくてもリントくんがいるから大丈夫だよ」

「あっ、そうでしたね。ついいつもの癖で」

いつもあんなことやってるのか？　いや怖いから聞かないけどな？

「と、いうことで。生かしてはおくけど、何するかわからないので逆らえないようにはしないといけないのはわかるよね？」

ビレナがバロンに声をかける。

「なぜ私を生かそうとするのだ……。いっそ殺せばいいだろう」

「楽に死ねると思わないことですね？」

「うっ……」

何も言えなくなったバロンがうつむいていた。

「じゃ、やっちゃって」

ビレナが軽い調子で俺を見る。

「は？」

バロンがぽかんとして俺を見つめる。何のことだと思ってるんだろう。

「ほらほら、ご主人さま。私のときと同じようにさくっとしちゃいましょう！」

「外だけどここ」

「にゃははー。さすがリントくん、テイムよりそっちがメインかー」

しまった。

ついリリィの言葉で頭をそちらに持っていかれてしまっていた。テイムが先だったな。

「テイム……先程も言っていたが、まさか……」

バロンがつぶやく。

「そう。リントくんに忠誠を誓ってもらいます。騎士道とかそういうのじゃなくね、ホントの意味で」

「死ぬよりつらい思いを何度もするか、ご主人さまにテイムされるか、どちらが良いですか？」

リリィの声に再び顔面を青白くさせるバロン。

「その様子だと……キラエムはよほど恐ろしい男なんでしょうか？」

「な……どうしてそれを……？」

リリィの誘導にバロンがまんまと引っかかる。

「あのタイミングで教皇を捨てていくのはいくら何でも不自然です。それに貴方なら、本気を出せばどこからでも教皇を救い出しに来ることくらいはできたはず……だというのにこんなところに来るまでそれすらしなかったのです」

「くっ……」

「にゃはは。まあでもさ、今戦って、どうだった？」

「どう……とは？」

「私たちは神国の新たな指導者としてご主人さまを立てます」

「要するにさ、私たちがいても、そのキラエムってのは怖い？」

ビレナがまっすぐバロンを見て聞いた。

「そもそもバロン一人で十分な気もしましたが……誰か人質でも取られましたか？」

「人質……か。あれは……あの男は普通じゃない。言ってしまえば国全体が、国民全員がやつの人質だ」

そう答えたバロンは、どこか吹っ切れた表情をしていた。

「リント殿。私をテイムしてくれるか？」

「ああ」

「本来であれば生き恥を晒したくはない。だがこれまで好きなように使われてきたあの男をどうにかできるというのであれば、私は手段を選ばない。何でもする。だから頼む」

このことは実は、リリィも予想していたらしい。

バロンは私欲のためだけに枢機卿派を選んだわけではないと。

だってそうだろう。バロン一人で戦局は大きく変えられるのだ。教皇のもとでぬくぬくとやってこられたバロンがわざわざ寝返るには、それ相応の理由があるだろうと。

「キラエムか……」

「滅龍騎士団のうち何人かはあの男のもとにいる。だが確かにその女と聖女殿が言うように、その程度のこと、お前たちなら何とかしてくれると信じることにする」

「いい心がけですね」

「にゃはは。じゃ、改めてやっちゃえ！　リントくん」

いずれにしても生かしておくなら何かしらこういうことは必要だったしな。

だから仕方ない。うん、仕方ない。というかもう、シーケスにもやったしいまさらだ。

「テイム」

手をかざし契約を結ぶ。

流石にここまで来て抵抗などない。俺から求めるのは裏切らないこと。バロンが求めるのは、滅龍騎士団の安全に対する最大限の保障だった。もちろん約束しきれるものではないが、このメンバーが力を尽くすのだ。特に問題もなくテイムは完了した。

「何だこれは……本当に力が湧いてくるようだぞ……というより、人相手にこんなスムーズにテイムが……？　一体何者なんだ……」

頭が追いつかない様子のバロンが色々つぶやいていた。

疑問に答えてあげるのもいいんだが、ビレナとリリィの様子を見て一旦この場を離れることを選んだ。

「にゃはは。じゃ、あとはお楽しみということで」

「一回この生意気な子がひぃひぃ言ってるの、見たかったんですよね」

俺よりやる気満々の二人。

数秒後、これから何が起こるのかをようやく察したバロンが助けを求めるように俺に涙目を向けてきた。

悪いなバロン。その二人を止めるのは、ご主人さまでも無理なんだ。

喚びだしておいたギルがやってきてくれたので、教皇の見張りにつけておく。とはいえシーケスがもう、見張りを頼んで大丈夫な目をしているけど、念の為だ。

シーケスには一度この場所を離れて、周囲に人や魔物の気配があれば伝えるように指示しておいた。

まぁどうせあとで何か理由をつけてやるんだろうけど……今はバロンだからな。

そうこうしているうちにビレナとリリィに囲まれたバロンが、改めてこちらを見て懇願する。

「頼む……助けて……」

「俺に二人が止められると思うのか……？」

静かに首を振ると、森にバロンの叫びがこだました。

「いやあぁあああああああああああああ」

「ほらほら、もうほとんど脱げてるんだからいまさら隠さないでいいじゃん！」

「大丈夫ですよ。教皇は寝てますから、私たちしかいません」

「きゃっ……いや……待て……待ってくれ、どうしてそんなところを舐め……ひゃんっ！」

「意外と可愛いところがありますね、バロン」

「リントくんもおいでよ！」

俺が呼ばれる頃にはすでに騎士甲冑はすべて剥がされて、色んな意味で防御力がないバロンが必死に身体を隠しながらこちらを涙目で睨んでいる状態だった。

「ひっ……」

「俺何もしてないのにそんな怯えなくても……」

「バロン、誰が身体を隠していいと言いましたか？　ご主人さまにしっかり身体を見ていただかないと」

「そっ……そんな……」

さっきまでと打って変わって涙目でうるうるとこちらを見つめるバロンに俺は……。

「これはこれで興奮する」

「にゃはは。流石リントくん。というかもう、隠せないようにしちゃおっか」

「え……？」

バロンが何か抵抗する間もなく……。

「なっ……いや……くっ……どうして……」

気づけば綺麗に縄で全身を芸術品のように縛り上げられたバロンがそこにはいた。

「はい立ってー」

「くっ……いっそ殺してくれ……」

手も後ろに縛られているため身体を隠すこともできない。淡い褐色の肌は艶すら感じさせるほど綺麗なものだった。

「ご主人さまのものになったのですからもちろん純潔も捧げてもらうつもりですが、バロンは見られても濡れないですね」

「あ、当たり前だろう！　本当に死ぬほど恥ずかしいんだ！」

「では、それが快楽に変わったら私たちの言うことを聞いてもらいましょうか」

「え……？」

「あそこにくくりつけた縄、意味わかりますか？」

気づけば木々の間に、ちょうど股間部分の高さに合うように、ロープが張られているのが見える。ご丁寧に一部結び目付き。リリィの意図に気づいたバロンが絶望で顔を染める。

「あそこを歩ききっても濡れてなかったら、バロンの勝ちです。今日のところはここまでにしてあげますが……あそこを歩ききって、ご主人さまにじっくり身体を見ていただいた結果濡れたら、ここで開通です」

「そんな……」

「あ、そうそう早くしないと教皇も起きますし、地形ごと変わるようなことをしていたのですから人も集まってくるかもしれませんね？　この辺りを冒険者たちがうろうろしていたことはバロンもよく知っているでしょうし」

「ひっ……する！　するから……」

「良い子です」

リリィが魔法でバロンを移動させる。そのまま股をロープにかけて……。

「んっ……ぁ……」

絶妙な位置に備えられた縄がバロンの股間に食い込む。バロンを縛った縄は股間部分は二本になっていた。つまり今回の縄は直接バロンのあそこを刺激することになる。

「ああ、そのままだと痛いかもしれないので、潤滑油は塗ってあげますから」

それが優しさなのか何なのかはわからないが、バロンにとっては絶望的なゲームが始まった。

「ほらほらー、早くしなきゃ、騎士団長のみっともない姿、みんなに見られちゃうよー？」

「いや……いやだ……んっ……はぁ……んっ……」

必死に足を動かすバロンだが、内股になってなかなか進まない。というよりあれ、もう濡れてるな……。

体勢が崩れても大丈夫なように、手は上のほうにくくりつけられた縄と連動している。要するに自分で立てなくなると倒れ込むこともできず、股間に刺激を受け続けることになるのだ。

「んっ……ぁああっ……もう無理だ！　もう……」

「だめですよー？　まだ半分も進んでないじゃないですか」

「許……して……」

涙目で懇願するバロンをリリィが笑顔で一蹴する。

「だめです」

「そんな……ぁっ！」

断りついでにゴールで待っていたリリィが股間につながる縄を持ち上げて、バロンがまた喘ぐ。

「まあ、ご主人さまにおねだりして許してもらえたら良いですが」

「俺か？」

突然話を振られる。

「おねだり……？　んっ……」

限界が近いバロンが潤んだ目でこちらを見る。

「そうです。ご主人さまに犯してくださいと自分からお願いするんです」

「そん……んっ……な……」

「できないならまあいいですが、もう少し早く動かないと本当に人が来ちゃうかもしれませんね」

「あっ……わ、わかった……わかったから縄を……んっ……動かさない……で……」

バロンがこちらを見る。羞恥と屈辱で顔を真っ赤にして歪めながら……。

「犯せ……好きにしてくれ……」

「だめですね」

「んぁぁぁああ」

俺の答えを待たずリリィが縄を揺らして否定する。

「な……何で……」

「ご主人さまにお願い、するんですよ？　そもそも私とビレナがいるんですから、ご主人さまはバロンの相手なんてしなくてもいいんですから。そんなご主人さまが犯したくなるような、屈辱的で恥ずかしい言葉じゃないと」

　バロンの表情が再び悲愴感に包まれる。

「仕方ないですね……ほら、こうやっておねだりすればいいんですよ」

　リリィがバロンの耳元に小声で何かを囁く。

　囁かれたバロンは顔を真っ赤にして……。

「なっ……そんなこと……！　言えるはずが……んっあっ……」

「ではこのまま私たちはいなくなってもいいんですよ？」

「そ……そんな……もう力なんて入らないから……」

「ここに来た冒険者たちにあられもない姿を晒してしまいますね。善人ならともかく、こんなところでこんなことしてる子なんて、格好の餌食ですよね。いつまでも犯され続けて使い捨てられるでしょうね。力が入らないならなおさらです」

「なっ……ま、待ってくれ……」

「言いますか？」

　リリィが笑顔で尋ねたその言葉にバロンが苦渋の決断を下した。

「…………言う」

「はい。ではどうぞ？」

リリィが笑顔でバロンの顔をこちらに向けさせる。

「ぐ……そ、その……わ、私の……この……だらしなく濡れた……お……お、おまんこに……リント殿の……たくましい肉棒で教育……して、ください」

「だ、そうですよ？　ご主人さま」

「わかった」

正直バロンのこの姿だけで俺はギンギンに準備ができているんだ。待ちわびたくらいだ。

リリィが縄を解いて再びバロンの身体を魔法で浮かせて、俺の前に連れてくる。

「さあ、改めておねだり、しましょうか」

「え……さっきので……いいって……」

「ほらほら、お尻をこっちに向けて……」

「そんな……全部丸見えに……」

「はい、頭を地面につけて？」

縄が解かれて全裸になったバロンが、俺にお尻を向けた状態で……。

「うぅ……お願いします……私のおまんこを……犯して……くだ……さい」

土下座をした。向きが逆という話もあるんだけどこのほうが確かに興奮する。さすがリリィ。あとでリリィにも頼んだらやってくれそうだなこれ。

「たっぷり濡れてますからもう大丈夫ですよ？」

「ああ、じゃあ、いくぞ」

「一思いにやってく――――あぁあああぁあああああ」

何か言いかけてたけど気にせず一気に奥まで挿入する。しばらく膣内の感触を楽しんでから……胸にも手を伸ばして腰を打ち付ける。

「あっ……んぁっ……激……しっんんんぁあああああああ」

「おー……ビレナともリリィとも違う感触」

「引き締まった良い身体ですからね」

「おー、ほんとだ」

三人がかりで胸も迫られ、バロンが一層感じ始める。

「あっ……ああ……ぁぁああああああああ」

「突く度にイクの、すごいな」

「さっき縄にかけたローションは媚薬でしたし、イきやすくなってるのかもしれませんね」

「なっ……では……そんなの卑怯……あっぁあああ……はぁ……はぁ……」

「でもバロン……？　このまま身を委ねたって、媚薬のせいにできますよ？　聖女のお手製の特製の媚薬ですからね。それはもうとろけるように気持ち良くなってしまっても、仕方ないじゃないですか」

「仕方……んっ……ない？」

「そうです。仕方ないんです。だからほら、もっと……」

「んっ……あぁあっ……はあ……ああ、でも、そうか。媚薬のせい……媚薬の……あぁっ」

バロンの反応が変わる。

器用に体勢を入れ替えたかと思うと、正常位になって俺の腰を足で捕まえて、自分から腰を振り始めた。

「あっ……そう……そうだ……媚薬のせい……んっ……媚薬の……あぁあああああああ」

「激し……」

「もっと……もっと……ください……こんなに気持ちいいこと……あぁあああああああ」

「乗ってきましたね」

「いいねいいね。リントくんいっちゃえー！」

俺も負けじと腰を動かす。胸も攻めながら、ある意味バロンとの第二回戦が始まる。

「くっ……」

「あっあぁっ……気持ち……いい……ああぁっ……あっあっ」

「見られて感じちゃう変態ですもんね？　バロンは」

「ああ、そうだ。私は変態……だがそれも……あああああっ……媚薬の……」

「ふふ。ご主人さま、そろそろですよね？」

「ああ……イクぞ、バロン」

「あっ……私も……あぁあっ……すごいのが……すごいのがくるっ……あああぁぁぁぁぁあああああ」

俺がイクのに合わせるようにガクガクと身体を震わせるような大絶頂を迎え、息も絶え絶えになったバロンが、うわ言のようにつぶやく。

「媚薬の……媚薬の……せい……」

そこにリリィが爆弾を落とした。

「あ、媚薬は嘘ですよ？」

「え……？」

バロンが固まる。息は上がったままだが。

「あれはただのローションです。というより、本物だったらご主人さまにも作用しちゃいますし……まあつまりあれです」

リリィが黒い笑みを浮かべてバロンにトドメを刺した。

「バロンは淫乱だった、ということですよ」

色んな意味で完膚なきまでに打ちのめされたバロンが、改めて戦意を喪失させたのが感じ取れた。

「まあいいじゃん。リントくんも嫌いじゃないと思うよ？　淫乱騎士」

「っ……」

「あと露出で感じちゃう」

「くっ……」

「自分から腰振って、可愛かったね？　リントくん」

「そうだな。仲良くなれると思う」

「くそぉおおおお。死ぬ！　いや殺せ！　いっそ殺してくれぇええええ」

取り乱すバロン。だがまぁ、リリィがここまでしたのはきっと、バロンのためでもあったんだろう。

「なぜ笑う……！」

「いや、何か吹っ切れたいい顔をしてると思ってな」

その表情は間違いなく、ここにやってきたときのあの険しい表情なんかよりずっと、魅力的だった。

◇

「ひどい目にあった……」

「やー、外だから手加減したけど、帰ったらもうちょっとしようね」

「そうですね。バロンはいじりがいがありますね」

「あれで……手加減……？」

すっかりおもちゃ扱いされていた。怯える目で俺を見るがもうわかっただろう？

俺に二人は止められない。

「さて、じゃあ帰ろっか」

ビレナが立ち上がる。

「む……ここは？」

タイミングが良いのか悪いのか、教皇が目を覚ましていた。

「おっ！　おお！　バロン！　騙されるでないぞ⁉　その者たちは敵だ！　はよう余を助けよ！」

「何寝言言ってるの？」

――パァン

「ぐはっ⁉」

いつも通りビレナにはたかれていた。

「教皇……」

哀れな目つきで教皇を見つめるバロン。

「むっ⁉　わかったであろう⁉　このような不遜な扱いをする輩だぞ！　聖女様も堕ちた。もう頼れるのはお前だけだ！　バロン！　団長としてどれだけ美味しい思いをさせてやったかを思い出せ！　またあの頃のように……バロン……？」

一向に動く気配のないバロンに不審の念を抱いた教皇。

その顔が徐々に絶望へ変わった。

「まさか……もう……」

「はい。残念ですが私に貴方を助けることはできません」

「なぜ……」

目を丸くしてバロンを見つめる教皇。

そもそも教皇の手札では最初からなかったのだが、そんなことは教皇も知らない。バロンもわざわざ答えるつもりはないようで、俺たちの仲間になったということを説明することにしたらしい。

「テイムとは面白いものでしてね……色々なものが私の中に入ってくるんです」

「テイム……？　まさか……」

「私の知らなかった景色、私が目をつむってきた現実、私の狭い視野を取り払うような、面白いものでした」

バロンにとってテイムはそういうものになったらしい。まあ従魔との間に感覚を共鳴させる部分もあったりするからな。

「根が真面目ですからね、バロンは。これからは変わるでしょう」

「私は、私の選んだ道を信じる」

「まああんな姿まで見られちゃったらもう、ね？」

「くっ……一生の恥だ……」

「まああこれから何回もありますよ？」

「あってたまるか！」

そんなやり取りを見つめていた教皇は……。

「そんな……では……」

「おしまいですよ。教皇。貴方は」

「そんな……そんな……」

リリィの言葉が決め手になり、教皇はがっくりうなだれた。

◇

バロンとの戦闘を終え、改めて俺たちはヴィレントのもとを訪れた。

「やっほー。全部片付けてきたよー」

「怪我なく終わって何より。それにしても……リント殿は一段と強くなったようだの」

元はと言えばヴィレントのせいでバロン対策をせざるを得なくなったんだが、終わってそんなことを言われると何も言えなくなるな。

「で……なぜこうも警戒されておるのかの」

連れてこられたバロンを見てヴィレントがつぶやく。

その言葉通り、バロンはこれでもかというくらい緊張して固まっていた。まぁ理由はわかる。リリィが説明してくれた。

「ビレナが散々、ヴィレントが私たちの師匠だと言ってきたので」

「何をしたのだお主らは……」

バロンはすっかり怯えて今はなぜか俺の陰に隠れるようにしてヴィレントを睨みつけている。

「まあ良い。で、報告を聞こうかの。依頼はすべて完了しておったことは確認したが」

ヴィレントと会う前に納品は済ませてきたから話はもう聞いているらしい。

「まあクエストはそのまんま。シーケスも手懐けて今はリントくんの家に行ってもらってるよー。バロンは見ての通り」

シーケスの扱いについてはリリィの提案で家やギルなど、俺たちが離れることになる場所の守りの要になってもらう方向で進めている。パーティーとして行動するには実力不足だが、番犬としては優秀、と評されていたが、Aランクは普通番犬にならない……まぁもう言っても仕方ないか。諜報活動なんかもできるから裏方に回ってもらう予定だ。

「……なるほど。今回はこちらから伝えることのほうが多いか」

改めて説明するようなことは確かにない。ヴィレントのほうは色々ありそうな様子だった。

「まずはクエスト達成の功績を認め、リント殿をBランクとしよう」

「おお……！」

Bランク……。フレーメルにいた頃の俺は考えもしなかったランクだ。とはいえ……。

「ま、いまさら感もあるけど」

「すまんな。今の情勢ではここが限界だろうて。その先はおいおいだ」

ビレナの反応も理解できる。

「まさか……私と戦ったときはCランクだっただと……？」

バロンもこう言うように、あれだけのクエストをこなしてバロンにも勝った今となっては、俺でも通過点のように感じるところはあった。

「これでお主らもBランクパーティーではある。だが……」

ヴィレントがバロンを見る。

言わんとすることはわかる。バロンが加入すれば俺がここまで上げてきたように、もう一度バロンに合わせてランクを上げ直すことになるわけだ。

「大丈夫だよ。バロンは今のところ冒険者登録はしないつもりだから」

「バロンには色々とやってもらうことがありますから」

「そうなのか？」

本人が戸惑っていたがどうやらそうらしい。

「であれば良かろう。これがBランクのギルドカードだ」

「これが……」

銀色に輝くそれはまさに、上位冒険者の証だった。

「細々した依頼までよくやってくれたな」

「まあ全部ついでにできるところで済ませてくれてたから……」

俺の言葉にヴィレントは静かに笑うだけで、話題を切り替えた。

「さてと、今後の方針だが……王国はまだ神国でクーデターが成功したことすら把握しておらんかった。さらにここからもう一度お主らがクーデターを起こすようなものだ」

ヴィレントの言葉にバロンは硬直する。国が絡む大きな出来事を前にマイペースな二人と違って、バロンの反応は何というか、俺に常識を忘れさせないでくれる重要な存在になってくれる気がした。

「ここまで混乱した隣国を見れば、政変に乗じて余計なことを考える者がおらんとも限らん。ここから先はまずは王国上層部に対して話をつけておいたほうが良いだろう」

「話をつける段取りは？」

「国王陛下への謁見を取り付けてある。あとはうまくやるようにとしか言えんが……」

「大丈夫ですよ」

「リリィは大丈夫であろうな。だが……」

ヴィレントの視線はビレナのほうへ。気持ちはとても良くわかる。

「にゃははー。まあリリィに任せるから大丈夫大丈夫」

「謁見……か」

ビレナが心配だというヴィレントの考えは十分わかるが、俺は人のことを気にしている場合ではなかった。

「硬くならなくてもいいって！　リントくんはこれから実質国王と肩を並べるんだから！」

「お主には少し硬くなってほしいものだがな……」

ヴィレントのため息もビレナはどこ吹く風だった。

「というか国王と肩を並べるって、余計気が重い……」

とはいえ結局方針は変わらない。

クーデターを起こしたキラエムを倒し、聖女リリィ、滅龍騎士団長バロンの名前を使い、俺がお飾りながら神国の指導者になる。

この先の計画を考えれば、今回の謁見に緊張している場合ではないんだけど……。

「ま、なるようになるって！」

「そうですね」

二人がこう言っている以上、俺たちにどうすることもできないという認識は、ヴィレントもバロンも共通だったようだ。

お互い顔を見合わせ、諦めたように笑っていた。

幕間　休息と作戦会議

「ただいまー！」

ビレナを先頭にフレーメルの家に帰ってきた。

国王への謁見まで時間があるということで戻ってきたわけだ。

「おかえりなさいませ、皆様」

「おー、何かいいね！　これ！」

シークスが出迎えてくれた。それにこれ……。

「掃除してくれてたのか？」

「はい。差し出がましい真似をしてしまい……」

「いやいや、ありがとう」

たったそれだけでシークスは恍惚の表情を浮かべて手を組みながらこう言う。

「ああ……何と慈悲深い……ありがたき幸せです」

暗殺者だったとは思えない変わりようだが、敵対してるよりはずっといいだろう。

家に到着してしばらく黙っていたバロンが声を上げた。

「これは……貴族か何かなのか……？　リント殿は」

たどり着いた豪邸にバロンが驚きを隠せずにいる。気持ちはすごくわかる。俺もまだ慣れないしな……。

「ただのBランク冒険者だよ」

「先程の話に出てはいたが、この強さでまだBとはな……」

「ふふーん。強かったでしょ？　リントくん」

「ああ……最後、苦し紛れに挑んだあれも正直、ビレナ殿が防がずともそのふわふわ浮いた生き物が止めていただろうからな」

「きゅっ！」

呼ばれてキュルケが誇らしげに返事をした。

「こうして見れば可愛いものだが、敵に回すとあれほど厄介とはな……」

「きゅきゅー！」

褒められて嬉しそうに飛び回っていた。

「その子ももともとはスライム。ご主人さまのテイムの異常性を物語る一つですよ」

「話は聞いたとはいえ……こうして目の前にしてもなお信じられん気持ちが湧き起こる……」

バロンは終始この調子だった。新鮮だ。ビレナとリリィに常識まで失わされつつあったからな……。

「これでバロンもパーティーとして戦うとしたら、前衛はばっちりだねー！」

冒険者登録はしないものの、場合によってはバロンももちろん、戦力に数えている。

バロンは全身鎧の重騎士装備だ。前衛としてはうってつけだろう。

「これだけのメンバーにパーティーで挑まねばならぬ問題が起こるとは思えんがな……というより、そんな事態にならぬようにできるだけ離れておきたい」

貴重な常識人枠が現れてくれたようで何かこう、安心感すら芽生えていた。

「だめだよー。私たちは世界一強いパーティーを作るんだからね！　しっかり働いてもらうからねー！」

「もう十分世界一ではないのか……」

「まだまだ、きっともっと上がいるよ！」

ビレナは楽しそうに前を向き続ける。

「そうか……確かに、私も名も知らぬテイマーにあれほどまでに完敗するなどとは、思わなかったからな」

「ふふ。そうですよ。私たちももっと強くなる必要があります」

「面白い。リント殿のテイムを受けて以来、力が湧き起こっているのは事実だ。これを生かせるというならまあ、悪くはないかもしれんな」

やはりバロンもまた、テイムによって強化されているらしい。

そして俺も、バロンをテイムしたことによって自分が強化された感覚を持っていた。

「で、色々と気になる話はあるが、私はお前たちの傘下に入って何をすれば良いのだ？」

「そうですね……このあと私たちはキラエムの待つ神国へ向かいます」

「ふむ……」

思うところがあるらしい。だがバロンは黙って続きを待っていた。

「キラエムごと神国をぶっ壊しに行くからね」

「確かにお前たちは強い。だがそれには、それなりに国民の支持は必要ではないのか？」

おお。常識人っぽい。

だが残念ながらここには、常識の枠組みで生きてる人間は少なかった。

「その点はご心配なく。私は今天使になれるようになりましたから。ご主人さまを新指導者に据えて、
私たちが神国を牛耳ります」

牛耳るって言っちゃった……。

「色々ととんでもないことをさらっと言ってのけるな……まさかビレナ殿も似たようなことができる
などとは……」

「にゃはは。私はこれ！　変身！」

楽しそうにビレナが頭のツノを見せびらかす。

「そんな馬鹿な……先程までは二人とも、実力の半分も見せていなかったと……」

バロンが頭を抱えていた。そのうち慣れるといいな？

いや駄目だ。バロンにはいつまでもこうして常識人としてツッコミ役を担ってもらおう。

「とにかく、神国を乗っ取れば晴れて私は聖女というしがらみから抜け出せますから」

「なるほど……」

「そうなったらバロン、国のことは貴方が見ることになります」

「は……？」

口を開けて固まるバロン。

リリィの話によるとバロンは比較的政治方面でも能力があるらしい。多少抜けていたり脳筋な部分もあるにはあるが、行動も常識的で国内での格も高く、国の実権を握らせるにはちょうどいいとか。

細かいことはもともといた味方の貴族がつくことでフォローするとのことだった。

「待て……。いくらテイムがあるとはいえ、ついこの前まで敵だったのだぞ……？」

バロンの言うことはいちいちもっともである。

「ふふ。もしバロンが神国を率いて我々に挑んできたら……」

「そのときはまた、国ごと滅ぼしてあげるから」

「……なるほど。わかった。お前たちには敵わないな」

なぜか今の言葉を受けて初めて、バロンの力が抜けた気がした。

「そうそう！　その顔でいいんだよ！　もっと自由にやってこー！」

「そうですよ。騎士団長がこうして羽を伸ばせるのなんて、久しぶりなんじゃないですか？」

「それもそうだな……」

柔らかく笑うバロン。その表情から邪気が消え、険しかった眉間から皺が取れたことで、一人の美女がいかんなくその魅力を発揮するようになっていた。

「ではまず何から動くのだ？」

「あ、メイドが欲しいんだよね！」

「そうですね。家も広くなりましたから」

「なるほどメイドか……いやむしろこれまでこの家にそういった者は誰もいなかったのか？」

「何せつい最近こうなりましたからね。シーケスがいなければ無人でしたよ」

リリィがこうしたんだけどな。

「そうか……何か手伝えることがあればやるとしよう」

バロンのその言葉をリリィは聞き逃さなかった。

「手伝えること、ありますよ？」

リリィの表情を見たバロンが後ずさる。

「待て。それは何か嫌な予感がするぞ」

「とりあえずのメイド、やってみない？」

「馬鹿なことを言うな！」

「ちょうどここにメイド服もありますからね」

「いや待て、そのやたら露出ばかり目立つ服をメイド服とは言わん！」

リリィが取り出すメイド服と呼んだ服たちは、一応オーソドックスなロングスカートタイプから、胸元が大きく開いたもの、そもそも胸にマイクロビキニしか守るものがないものまで様々だ。もはやメイド服の機能性は一切残っておらず、メイド服っぽいエッチな服でしかない。

「ご主人さまに選んでいただきましょうか」

「リント殿……私は一応、この中で一番常識のあるのはリント殿だと――」

「じゃあこれで」

「慈悲はないのか⁉」

迷うことなく一番防御力が低いのを選んだ。躊躇いはない。だってバロン可愛いからな。可愛《エロ》い服を着せたくなるのは仕方ないことだろう。

フリルの付いた白いカチューシャ、レースがあしらわれた胸元を覆うためだけのわずかな布、紐のようなパンツ、そして下半身に防御力のない超ミニスカート。

正面から見ても横から紐が見え隠れするほどに短いスカート。後ろからなら紐パンに包まれた素晴らしいものが見えるはずだ。

そしてこのエプロンの優れたところは、前から見たときにニーソとの間に絶対領域を演出することだ。白の布と黒い肌のコントラストが美しいことだろう。

「じゃ、着替えターイム」

「脱衣所がないのでシャワールームを使ってもいいですよ？」

「シャワールームとはまさかあのガラス張りの何も遮蔽物のないあれを言っているのか？」

半ば投げやりになったバロンが問いかける。

「まあいいじゃんいいじゃん、ほらほら！　脱げ脱げー！」

「わっ……こら！　やめろ！　おい待てどうして下だけ脱がせるんだ！　余計恥ずかしいだろ！」

目にとても良い光景を繰り広げながら、バロンの着替えが完了した。

「くっ……いっそ殺せ……」

「そうは言いつつしっかり着てくれたねー」

「ほとんどお前が無理やりやったんだろうが！」

「ご主人さまも嫌いじゃないですよね？」

「そうだな」

むしろ好きだ。

「はぁ……まぁ……仕方あるまい……」

バロンはもう二人に刃向かうのを諦めきっていた。

「まあ、バロンは強いし、テイムで力を増したとはいえ、これから別行動が増えることもあります」

「まさか、ずっとメイドをやらせるつもりか⁉」

バロンが身構える。

「そんなわけないでしょう。神国のドタバタが落ち着けばバロンはあちらの実質的指導者ですからね」

そのためにテイムしたと言わんばかりだった。

「そうだったな……まあもういいだろう。何からすればいい!? 掃除か！」

やけくそ気味だがすこし楽しそうにバロンが言った。

動く度胸が上からも横からも見えそうに動くし、お尻は常に丸出しの状態だった。前を隠すエプロンも心もとないものでほとんど紐しかないあそこもちらちら見えていた。

「掃除はシーケスがやってくれましたからねぇ」

「あっ！　じゃあ何か食べたい！　バロン、ご飯作れる？」

「一人で出歩くことも多いから一通りは作れるな。よし、何か作るか」

野宿を強いられるような仕事ならまあ、簡単な調理は自分でできないと命に関わることもあるからな。

やる気を出すバロンにリリィがこう言った。

「ただ問題があって、このお家を作ったのは本当に最近なので、料理をするにも材料がないんですよね」

「そうかそうか。それは……ん？」

「だからまずは、買い物から、ですかね」

にこやかに言い放つリリィ。

自分の格好を上から下まで確認したあと、無言でリリィを見つめるバロン。

「わかった。なら着替えねばならんな」

「そのまま」

「着替えを……」

「そ　の　ま　ま」

再び無言で見つめ合う二人。

にこやかな表情に反して有無を言わさないリリィ。

「やっぱりお前らは嫌いだぁああああああああああ」

バロンの悲痛な叫びが無駄に広い我が家に響き渡った。

◇

バロンはしぶしぶあの格好のまま外に行った。ただし人に会うのを避けるために目にも留まらぬ速さで森に飛び込んだ。食材さえ手に入ればいいという意味では間違った選択ではないかもしれない。

そしてビレナは……。

「あ！　メイドにいい子いるかも！　ちょっと行ってくる！」

「え……？」

次の瞬間には、もうビレナは見えなくなっていた。止める間もなかった……一体誰を連れてくるつもりなのか。

そんなこんなでリリィと二人になったのだが……。

「二人きりですね、ご主人さま」

「えっと……」

三階建てになった我が家の中央に位置する巨大な寝室でリリィと二人……。

天蓋付きのベッドに座りこちらへしなだれかかってくる。大きなものがあたってるのはいつもなんだが……感触が柔らかすぎる。脱いでるな……もう……。

「脱がないでくれ……」

「ふふ。確かに今やるとビレナに怒られちゃいますしね」

意外とあっさり服を直してもらったことに驚いていたが、まあリリィも本気じゃなかったということだろう。ちょっとその気にさせられただけに残念といえば残念なんだけど……。

「二人きりって言ったけどシーケスはいるだろ」

「シーケスなら屋上でガーデニングしていますよ」

「わかるのか……」

「気配を隠していませんから。呼べば来ますが……三人で楽しみますか？」

「こらこら……」

とはいえちょっと、興味がないわけではなかった。

ただシーケスは経緯が経緯だしなぁ……言えば簡単に股を開く気はするんだが、一旦神国のごたごたを何とかするまでは我慢しようと思っていたところだった。

まあそんなに悩む間もなく、二人の時間はあっという間に終わる。リリィも多分、これがわかってたからからかっていたというのもあるんだろうな。

「ただいまー！」

ビレナは寝室の窓から猛スピードで突っ込んできた。せっかく立派な玄関があっても使う人間は少ないかもしれない……。

「おかえり、あれ？　そっちは？」

「ん？　あ、起きてー！」

ビレナに手を握られた人物は、見覚えのある美女。

「ギルドの制服……？」

「ミラさんか」

俺のCランク昇格試験のときに色々あったガイエルギルドの受付嬢だ。目立つ金髪と気の強そうな顔つきはビレナのせいですっかりぼろぼろになっているけど……。

リリィのヒールを受けて意識を取り戻したミラさんが目を開ける。

「ここは……？」

「ここが職場だよ！」

「は、はぁ……」

部屋を見渡すミラさん。

巨大なベッド、豪華なシャンデリア、なぜか部屋の中にある外から丸見えのシャワールーム……。

異様な光景に事態が飲み込めていない様子だった。

「ビレナ、流石に勝手にギルド受付嬢連れてきちゃダメじゃないか……？」

「ん？　この子自分で来たいって言ったよ。それにあとのことは任せろってギュレムも言ってたし」

ギュレムは、あの試験官をやったビレナの元生徒、か。

一応念の為、ミラさんの意思を確認しておこう。

「そうなのか……？」

ミラさんを見ると仕方なくとかしぶしぶという言葉が表情にありありと映った。

「三倍の給与で仕事をくれると言うから頷いたのだけど、そこから記憶がないわ……」

次の瞬間にはビレナが手を引いて超スピードで移動してきたんだろう。心中お察ししますという感じだった。

「条件は言った通り！　リントくんにテイムされること、リントくんを受け入れること、リントくんの家をしっかり管理すること。買い物に行きたければ王都くらいいつでも連れ出してあげる」

その言葉にミラさんが俺のほうを見てくる。

「はぁ……まあ本当に額面が三倍なら、別にいいわよ」

色々諦めたような表情ながらも、まあミラさんもいいと言うならいいだろう。

だが……。

「受け入れるってとこ、ほんとにいいのか……？」

「そこは確かに引っかかっていたわね……私は身体を売るようなことはしたくなかったんだけど……」

「あれ？　リントくん、好みじゃない？」

ビレナの言葉にピクッとミラさんが動く。

「ま、好みじゃなくても抱けるよね？　あ、抱くのも嫌なくらい好みじゃない？」

ビレナの露骨な挑発に乗ってしまうミラさん。

「ふーん……。私の魅力がわからないの……残念ね、まだお子様なのかしら」

「ま、胸もリリィほどないし、スタイルは私ほど良くないし、髪が綺麗なバロンも経験しちゃったし、三人と比べたら大したことないもんねぇ」

「なっ⁈」

顔を赤くするミラさん。だがビレナとリリィを見て二の句が継げなくなっていた。

「まぁ嫌なら俺も別に無理にとは言わないし、家の管理をしっかりしてくれれば……」

「やるわ」

「え？」

「私の魅力はこんな小娘たちにないテクニックよ！　覚悟しなさい！」

「ええ⁈」

ミラさんが俺を押し倒すように乗ってくる。

「まずはテイムね」

「その間にお着替えもしましょうか」

と思ったら二人に引き剥がされて先程バロンを苦しめたメイド服を渡されるミラさん。

切れ長の綺麗な目がものすごく嫌なものを見る顔になる。

「これ……布でしかないわよね？」

「服なんて全部布だからー」

それはそうだけどな、もう少し何か……まぁビレナに何を言っても無駄だな。

「ご主人さま、テイムテイム」

「いいのか？」

「ええ……本当にしっかり稼げるなら」

まぁギルドの三倍は大きいよなぁ。本人がいいならいいか。

テイムを行うにあたって改めてミラさんと目を合わせる。

鋭い目つきといえばそうだが、切れ長の目元には泣きぼくろもありパッと見て美人だなと思わせる魅力があった。ショートの髪はふわふわ柔らかそうに巻かれている。身長はビレナとリリィよりは高い。バロンほどはなかった。

うん、今までにないタイプかもしれない。

「さあ、これでいいわけ⁉」

「これはこれは……」

「いいねえ、エッチな身体してるねえ」

おっさんな二人に絡まれるミラさんが顔を真っ赤にしている。露出がすごい。

ギルドの制服の清楚な印象と一転してとても刺激的だった。

「で、どうなの！　やるの！　やらないの⁉」

まあ、そこまで言うなら……。

ミラさんに言われるがままにベッドに横になると、早速ミラさんが俺の乳首を舐めながら下をいじり始めた。

「私には興味なさそうだったくせに、もうこっちは準備できてるじゃない」

乳首を舐めながらミラさんが言ってくる。そりゃ別に興味がなかったというより、嫌がってる相手を無理やりやるつもりがなかっただけだからな。

「どうかしら？　こういうのもいいんじゃない？」

覆いかぶさるミラさんが乳首を舐めながら反対もカリカリと爪を弾く。

その上器用に下のほうにも手を伸ばしてきたり、足をうまく使って刺激してきたりと、確かにテクニックは感じさせる。

「まずは口でイかせるわ」

「おお……」

シックスナインの体勢で躊躇いなく咥え始めたミラさん。

「じゅぽ……どう……かしら？　すぐイッちゃうんじゃ……ひゃんっ⁉」

「そりゃそんな体勢じゃ反撃されちゃうでしょ」

「テクニックはあっても、防御力はどうなんでしょうね？」

「くっ……いいわ！　好きにいじればいいじゃない！」

ということで好きにいじらせてもらうとしよう。布面積がほとんどないから少しずらしただけでミラさんのあそこが露わになる。

しっかり手入れして綺麗にしてあった。顔を近づけて……。

「んっ⁈　ちょ、ちょっと……んっ……あぁあぁあぁあああっ」

「ほらほらー、しっかり咥えて？」

「待っ……あっ……あぁあぁあああ」

「ご主人さまのテクニックを舐めてましたね？」

「むぐっ……あっ……んむっ……はぁ……あぁあああ」

舐める度にいい反応を見せてくれるミラさん。そんな状態でも必死に俺のを舐めるのも忘れない。

「はぁ……負けない……わ……あぁあっ……待って……それ以上は……あっ……」

こちらもギンギンにしてもらってるし、一度ミラさんにイッてもらうとしよう。

ペースを上げると……。

「あっ……そんな……激し……あっぁ……あああぁぁあああぁぁあああああ」

「あら、随分あっさりやられちゃいましたね？」

「くっ……」

「じゃ、本番だね？」

「……い、いいわよ。やればいいじゃない！」

ゴロンと仰向けになったミラさんが膝を立てて顔を逸らす。

「もうこんなに準備が万全じゃ、欲しくてしょうがないよね？」

「そうでしょうねぇ。ご主人さま、どうします？」

もちろん俺のも臨戦態勢なんだけど、せっかくならやってもらいたいことがある。

「そのまま自分で広げて、お願いしてほしいな」

「はぁっ?!」

ミラさんが怒りと羞恥で顔を真っ赤にして叫ぶ。

だがビレナとリリィを見て、状況を思い出したのか、しぶしぶ股間に手を伸ばした。

「……うぅ……その……おちんちんを……ここに……挿れて……もうっ！　や、やればいいじゃない！」

最後に耐えきれなくなったようだったが十分だろう。

「いくよ」

「んっ……あぁぁあああっ」

挿れてまず一回、腰が跳ねる。

「ちょ、ちょっと……大き……んっ」

ミラさんのあそこは何というか、ちょうど良く動かしやすくて、ちょうど良く包み込んでくれた。

「あっ……ちょ、ちょっと……キスくらい……しなさいよ……んっ……」

挿れてからのミラさんは素直で可愛い。おねだりしてきながら、自分でも腰を振ってくる。

「あぁっ……んっ……んんんんっ」

でも多分、ビレナやリリィほど体力はないから、そろそろ疲れてきてるな。

俺ももうイこう。

「ミラさん、イケそう？」

「もう……んっ……何回も……イッたわよ！　はぁ……んんっ」

顔を逸らしたミラさんを無理やりこっちに向かせて唇を塞いで、ペースを上げる。

「んんんんっ……んんっ……はぁ……んむっ……んんんんんんんんんっ」

そのまま……。

「イク！」

「んんんんっ！　んんんんんんんんんんっ！」

ミラさんの腰が激しく跳ね上がって、そのまま息を荒くしていた。

◇

「あんなこと言ってたのにすぐひぃひぃ言い出して、可愛らしいですね？」

「くっ……」

「ふふふー。可愛い可愛い」

「はぅっ?!　や、やめて……今触らな……んっ……いで」

俺とやって疲れ果てて動けないミラさんに二人がいたずらをする。お気に召したようだった。

こうしてバカでかいうちの管理を行うメイドが誕生した。

すぐにバロンは帰ってきたが、一人増えたせいで再び外に食材調達に向かう羽目になり、涙目で叫ぶことになっていた。

◇

フレーメルのギルド支部には冒険者たちが集まってギルを見上げている。その目は一様に戦意に溢れていた。

王都の二の舞になるから歩いていこうと言ったんだが、どうしてもギルに乗って行けというビレナたちに押される形で、結局こんなことになったわけだ。

そそのかした本人たちは気楽そうにこんなことを言う。

「ほんとに王都のギルドよりレベルが高いねぇ……」

「そうですね……。周囲の魔物のレベルも違いますし」

「驚いたな……神国が重大な魔獣災害に巻き込まれずに済んだのはこれか……？」

バロンも乗っかり、三人ともフレーメルギルドに集まった冒険者たちのレベルの高さに感心している。

ドラゴンが出てきて逃げ惑う冒険者は一人もいない。むしろ好戦的な目でこちらを睨みつけているくらいだ。

俺もここまで王都で出会った人たちと比べてそのレベルの差に改めて驚いていた。

「さて、じゃあここはリントくんが行って説明してもらおうかなっ！」

「え？」

「それがいいでしょうね。ご主人さまの凱旋ですし」

「知り合いもいるのなら説明もしやすいのではないのか？」

「いや……」

ギルドにおける俺の扱いを考えれば……。

「いいからいいから！　ほら！　行ってこーい！」

「え？　えええぇぇぇぇえええええ」

ギルの背から突き落とされた俺は慌てて精霊召喚でカゲロウを身に纏う。

突き落とされるのは二回目だが、今回は着地をしっかりしないといけない上に下にいるのはこちらを敵視する冒険者たちだ。

フレーメルは辺境、王都と違い常に危険と隣り合わせで、戦いなれた冒険者たちはすべて常在戦場の心構えを持つ。

つまり――

「風よ」

「土よ」

「ウォーターカッター」

「ふんっ」

「待ってくれ！　俺だ！」

俺の言葉は届くことなく無数の魔法と斬撃、矢を全身に浴びせられる。

「くそっ！　カゲロウ！　キュルケ！」

「キュキュゥー！」

「きゅっ！」

魔法は弾き返す。自分たちの攻撃くらい受けきれるだろう。

物理攻撃はカゲロウの防御力を信じる。

無数の攻撃により落下の衝撃は和らげることができそうなことだけが救いだ。ただ、着地直後は硬直が生まれる。間違いなくこいつらはそのタイミングを逃さない。

「ぐっ」

着地。

衝撃を殺すために転がったが、体勢を整える暇はない。

「行くぞっ！」

俺が着地したのとほとんど同時に、近接専門の剣士や槍使いなどが突進してくる。

「ふぅぅぅぅ……」

カゲロウに任せてもいいんだが、せっかくなら一つ覚えた技を使おう。覚えたばかりで不安がないわけではないが、ちょうどいい練習だ。

「いくぞ」

カゲロウと意識をリンクさせていく。カゲロウの持つ能力の一つ、蜃気楼。実体のない幻術でありながら、実体を伴う攻撃を絡めた影分身。

「何だこいつっ⁉」

「化け物め！」

それぞれ冒険者たちが応戦するがすべてにカゲロウの力があると考えれば、そう簡単に相手はできない。その隙にランクの高い冒険者たちから無力化していく。

「うぉっ⁈」

五人目。この中で最もランクの高いAランクをすべて無力化したところで分身を解く。

多分周りから見れば、今まで戦っていた幻獣が一箇所に集まって人の形を作り出したように見えたはずだ。

「少しは人の話を聞いてほしかった……」

「同業者……か？」

手荒い歓迎を受けながら、久しぶりに故郷のギルドにたどり着いた。

「終わった？」

頃合いを見計らっていたらしいビレナが飛び込んでくる。

「あれは……瞬光⁈」

続いてリリィ。

「お疲れ様ー！　もうすっかり使いこなしましたね！　ご主人さま！」

「聖女様⁈」

「いやご主人さまって⁉」

そしてバロン。

「流石だな、リント殿は」

「あれは神国の滅龍騎士団の団長だぞ⁈」

これ、やっぱり俺よりこのメンバーが降りてきたほうが早かったんだろうなぁと思ったが、まぁいいか。

と思っていると、何人かの冒険者たちが俺のところにやってきた。

「えっと……」

「ん？」

「お前……リントで合ってるんだよな？」

「そうだけど……」

フレーメルの冒険者たちにとって俺は取るに足らない雑魚で、ましてやテイマー、蔑む対象でしかなかったはずだ。

こちらも相手が多すぎて覚えきれていないが、この相手の顔はおぼろげにだが覚えていた。

「いや……えっと……」

「心配しなくても、別に何かしに来たわけじゃないから……」

「そ、そうか……」

声をかけてきた冒険者は、数多くいた嫌がらせをしてくる冒険者たちのうちの一人だった。

俺がまだEランクだった頃に絡まれて、その日一日で集めた薬草類をすべてぶちまけられた相手だったが……。ただ、そのくらいのことは日常茶飯事だった。いちいちそんなことのお礼参りをしていたら切りがない。

「いいの？　リントくん」

「ご主人さまが何をしても、ある程度は治せますよ？」

「お前、本当にこいつらとパーティーでいいのか？」

俺にその気がないことがわかっても三人はそれぞれに反応を見せる。

「いいんだよ」

そう言ってギルドに行こうとしたが……。

「リントくん、せっかくだし一人で行ってきたらどうかな？」

「え？」

ビレナの突然の提案を疑問に思う。

だがリリィもそれに同意した。

「そうですね。私たちは家のものを揃えたりしておいてもいいかもしれません」

「私は何でも良いが……」

戸惑う俺にビレナがこう言った。

「育ての親、みたいなものなんでしょ？　ここのギルドの人。だったらほら、こんなに立派になってきたって、一人で伝えてきたほうがいいって！」

そう言ってビレナが俺の背中を押す。

確かに、受付嬢のルミさんは本当に唯一と言っていいくらい俺に良くしてくれたし、ギルドマスターのクエルはかなり色々なことで手を回してくれていただろう。

「わかった」

「じゃあお家で待ってるから！」

「いってらっしゃい、ご主人さま」

「楽しんでくるといい」

三人に見送られて、俺は一人、懐かしいギルドの扉を開いた。

◇

「あら、リントさん、お一人ですか？　外にあんなにたくさん人がいたのに」

「見てたのか……」

「もちろんです。おかえりなさい。お久しぶりですね！」

「久しぶり。ルミさん」

王都に出て以来だからどのくらいぶりだろうか……。

冒険者になってがむしゃらに働く俺に割のいい仕事を斡旋してくれたり、テイマーになって嫌がらせが増えてからもギルドの後ろ盾を使ってかばってくれたりと、色々面倒を見てくれた。

ルミさんのおかげで俺は、王都までたどり着けたと言える。

そんなルミさんなんだが……。

「ひどいですね……私を捨てて突然王都に行ったと思ったら、あんな美人ばかり揃えて見せつけるように帰ってくるなんて……」

「いやいや……」

小柄で目が大きく、人懐っこいリスのような見た目。

当然人気もあるんだが妙に俺には気をかけてくれていたような気もするし、駆け出しの冒険者にはみんな優しかった気もする。

ときたまこうやってからかってくるのも愛嬌があって可愛かった。ただ周りの冒険者の目が怖かったけれど……。

「ふふ……それにしてもリントさん、少しの間で本当にたくましくなりましたね」

「そう……なのか？」

「それで……どの子が本命ですか？　やっぱり聖女様？」

「いや……」

本命……？　そういう概念で考えたことがなかったというか、考える暇がなかったというか……。

「あらあら、もしかしてハーレムですか⁉　あらー、それなら私も交ぜてもらいたいなぁ」

「冗談はやめてくれ……」

こういうからかいを真に受けた新人は先輩たちに手荒く現実を叩き込まれる。今も俺とルミさんの会話に耳をそばだてる冒険者たちは多くいた。

「ふふ。今のリントさんならちょっと、ほんとにいいかなと思うんですけどね」

「はいはい。それより、多分クエルに俺が来たって伝えてくれれば……」

ちょうど良く、奥の部屋の扉が開かれる。聞こえてたのかもしれないな。

「久しぶりだねぇ、リントくん」

フレーメルギルドマスター、クエルが出迎えた。相変わらず道化師かと思う化粧が目立っている。

「ああ、本当に。クエル」

「立ち話じゃあちょっとあれだろう。来てくれるかな」

王都のように広くも綺麗でもないがここは上位の冒険者やそれこそ王都の役人たちだけが使う部屋。

雰囲気こそ変われど、俺のことを知ってる周囲の冒険者たちはあっさりギルドマスターに招かれたことに驚いていた。

「何でリントが……」

「いやでも、外の見ただろ……Sランク冒険者にドラゴンだぞ……」

「噂じゃもうあいつもBランクだってよ」

色々な感情が見え隠れするが、王都のときのような間抜けはいない。俺が見せつけるようにカゲロウを憑依させると、もう誰も何も言わなくなっていた。

◇

招かれるままに応接間に入ると芝居がかった口調でクエルが話し始める。

「いやはや。王都での活躍は聞いていたさ。誇らしいよ、我がフレーメルギルド出身の冒険者が脚光を浴びるのは」

中性的な顔に演技がかった口調と動作。もう結構な歳だと思うが見た目は若い。男なのに化粧もしているのでさらに年齢がわかりにくくなっている部分もある。

これでも元Aランク冒険者だからな……。上位ランクにはどこかおかしくないとたどり着けないいんだろうなと思った。

「本当ですよね。フレーメルギルド出身で一番の出世頭じゃないですか！」

紅茶のカップを用意してくれながら、ルミさんにまで褒められる。

「俺はビレナに振り回されてただけだけどな……」

「何……Sランク冒険者に振り回されて無事でいられることがすでに才能じゃぁないか。誇っていいところだ。ルミくんはハーレムを見てへそを曲げていたがねぇ」

「ちょっとギルドマスター⁉」

パタパタと小動物のような忙しなさでルミさんが抗議する。

何か懐かしいな……。

ルミさんは基本的に新人をからかってみたりしながら距離を詰めていくけど、こうしてギルドマスターが相手だとわたわたするところを見せる。めったに現れないギルドマスターのクエルが一定の人気を保っていた理由の一つは、この愛らしいルミさんを見せてくれていたからかもしれない。

「さて、王都で目覚ましい活躍を見せる新進気鋭の冒険者がこんな辺境のギルドに来たのには、それなりの理由があると思ったけれどどうだい？　前回は家にしか滞在せずにこちらには来なかったじゃぁないか」

「知ってたのか」

「リントさん、あんな派手な大改修をしておいて、気づかないと思ったんですか……？」

「あー……それはまぁ、そうか……」

リリィが大改造したからな、家を。

「ダンジョンでも現れたかと思って調査したくらいさ。ご丁寧に結界で防御までされているし、誰も中に入れずしばらく調査に時間がかかったよ」

「それは悪かったな」

まぁそうか。突然あんな建物が現れたら驚くよな……。

「外からリントさんの家だと判明したので今は触れていませんが、今度から何かするときは教えてくださいね？」

「わかった」

「むしろルミくんは一度遊びに行きたがってたくらいだしね。どうだい？　招待してあげたら」

「えっ⁉　そんな……私は……その……」

いつもはからかってくるくせにいざとなるとこんな反応を見せてくれるルミさん、可愛いな。

「来たいなら止めはしないけど、あのメンバーに巻き込まれても俺は止められないとだけ言っておく」

「……なるほど」

流石に嫌がる相手をどうこうするようなメンバーではないにしても、悪ノリでルミさんにエロいことをし始めないとは言い切れないからな……。

「まぁそれはおいおいとして、ここに来た目的の半分以上は顔見せだったから。あとは一応、このあと俺たちがどう動くかは共有しておこうってくらいだ」

「興味深いねぇ。ドラゴンはおろか災厄級すら味方に引き入れたテイマーが次にどこに向かうのか」

ニヤッと笑ってクエルが言う。

ルミさんも穏やかに笑いながら紅茶に口をつけていた。

「神国のクーデターを、もう一回ひっくり返しに行くことになった」

「ぶはっ⁉」

「ルミさん⁈」

思わず紅茶を吹き出したルミさんを心配すると恥ずかしそうに顔を赤くして口元を拭いていた。

「失礼しました……えっと……」

「大丈夫。防音魔法は展開してある。それにしても……クーデターが起きたことすら国家規模の重大な機密だというのに……」

そうか。ヴィレントもあんまり国が把握してないって言ってたな。

「で、ひっくり返すということは……えっと、現政権ってナンバーツーだった枢機卿《すうききょう》の……」

「キラエムだな」

「そうそう。ということは教皇派につくということですか？」

「いや、リリィ……えっと聖女は、俺のことを神国で担ぎ上げるみたいだから、第三勢力になる予定」

「だめです……頭がついていかないです……」

ルミさんの頭から煙が見えた気がする。

クエルはすぐに切り替えたのかこう返してくる。

「なぁるほど。となるとこのフレーメルは、王国領で最も神国に近い重要な場所になるねぇ」

「ああ。向こうでゴタゴタやるけど、心配しないでくれってのは伝えたほうがいいだろうなと思って」

「一国を相手取ろうというのに心配するなときたか。傭兵団でも作るかと思えば……いや、まぁあのメンバーを見れば、いかに優秀なフレーメルの冒険者も足手まといにしかならないだろうねぇ」

クエルの言葉はまぁ、否定はしきれない。

「フレーメルギルドマスターとしては、まぁ口を出すことでもないわけだし、何も問題はないねぇ。むしろ問題になるのはもっと大きな組織じゃぁないかい？」

「だと思って、しばらくしたら国王に謁見らしい……」

「あっはっは。なぁるほど。もう随分出世したと思っていたけれど、これはすごいねぇ」

「すごすぎてついていけませんよ……」

やけくそ気味にルミさんはお菓子を頬張っていた。

「王家も一枚噛むというのなら心配はいらないだろうけれど、特に大貴族たちの動きも注視しておいたほうがいいかもねぇ」

「大貴族、か」

「あぁ。この地を治めるのは知っての通りビハイド辺境伯だしねぇ。正確に言えばカルメル騎士爵が治めているとはいえ、実質的にはビハイド領地さ」

「一度挨拶くらいは行っておいたほうがいいか……？」

ビハイド辺境伯。

すでにキラエム派であったことはわかっている相手だしな……。

「その覇気で行ったら挨拶じゃ済まないことになるかもしれないけれどねぇ」

クエルが苦笑する。

ちょっと気合いが入りすぎてたかもしれないな……。

「と、とにかくリントさん。お気をつけて行ってきてくださいね？」

「ありがと」

「ふぅむ。ことが終わったらまた来るといいさ。私からも話があったけれど、今じゃないほうがいいだろうからねぇ」

「そうか？」

「ああ。無事に帰ってきたまえ」

「わかったよ」

二人に成長した姿を見せて、二人から無事を祈られる。

うん。これだけでもここに来たかいがあった。

「じゃ、行ってくる」

「お気をつけて」

「待っているよ」

二人に送り出されて、フレーメルのギルドをあとにした。

◇

「あー、ビハイドかー」

「確かに隣接する辺境伯家。しかもキラエム派ですし、挨拶くらいは済ませておいても良いかもしれませんね」

「一度神国に攻め込むにあたっても大まかな動き方は考えておきたいしな」

「作戦会議だねー！　やろやろー！」

ビレナがノリノリで先導して、俺たちは地図を広げられる食堂に集まる。

まずは現状の自分たちと相手の戦力を確認していくことになった。

「ビハイドのことは一旦置いておくとして、神国の戦力を知りたいな」

「滅龍騎士団ってそういえばどうしたの？　バロン」

「手駒としては使えんぞ。敵に回ることはないが……」

「王国内で教皇と一緒にしてるんだっけ？」

「そうだな。教皇はともかく、騎士団はことが終われば回収したいとは思っているが、いずれにせよ正直戦力としては心もとない。リスクを冒してまで取り込む必要はないだろう？」

「その通りですね」

ということは、神国の唯一と言われていた戦力はこれでいなくなったことになるが……。

「そもそも神国は国民全員がCランク相当の魔法使いだったよな？　……暴徒の鎮圧だけでも骨が折れそうだけど……」

「そこは私がなるべくすぐに何とかしたいと思います。ですのでバロン、キラエムを攻めるにあたって懸念事項があれば出してほしいですが」

「わかっている」

そう。バロンほどの実力をもってしても恐れた相手、それがキラエムだ。

「キラエムは闇魔法に特化した使い手だ。神都はもはや、やつの実験場と言ってもいい」

「闇魔法……」

聖魔法がヒーラーに代表される回復系魔法が多いのに対して、闇魔法はデバフ、呪いの類いがメインとなる魔法系統だ。

リリィの聖魔法の対極……何なら神国のイメージからもかなりかけ離れていた。

バロンが詳しい説明を加えてくれる。

「聖魔法が他者に力を与えることを主とするのに対して、闇魔法は他者の犠牲の上で成り立つものが多い。キラエムはその特性を生かし、国民のエネルギーを利用して強大な力を手にしている」

「それは、バロンが恐れるほどであった、と」

「それ以上に、あの場にいれば私ですら糧にされる恐れがあった。聖女殿の加護なしで乗り込むのは危険と考えておいたほうが良い」

そうか。リリィの加護なら確かに問題はないにしても、その場にいるだけで力を奪われるというのはそれだけで脅威だな……。

いくらバロンが強くても関係ないはずだ。

「神都って、聖域って言われてて、闇魔法ってあまり使えないんじゃなかったっけ？」

ビレナが声を上げる。そういえばそんな話も聞いたことがあるな。

「神都、いえ、神国には確かに聖魔法結界が張られているので闇魔法の効果は高くならないはずですし、各地の遺跡を破壊しなければ解除できないこともあり、キラエムでもそこまではしていないと思うのですが」

「聖女殿の言う通りだ。だがそれでいてなお、あの場所を実験場にできるだけの力があるのだ」

「それは……とんでもないですね」

リリィをしてとんでもないと言わしめたことが相手の強さを物語っている。

「絶対星の書絡みだねー」

ビレナが言う。

「呪術士の書、か？」

「そうでしょう。ただこちらは星の書持ちがこうして四人集まっているのですから、戦力差は歴然です」

バロンも戦斧士の書と呼ばれる斧使いのための書物を所持している。

従魔士（テイマー）の書、拳闘士の書、回復士の書、戦斧士の書。

そして敵が、呪術士の書か。

「キラエムの他に警戒すべき相手は……」

「いない。あの国に残っているのはキラエムの傀儡《かいらい》と思っておいて良いくらいだ」

「そこまでか」

まぁでも、聖女、騎士団、そして暗殺者筆頭だったシーケスもこちらだ。今は料理の準備をしてくれている。すっかり馴染んできて、ミラさんと一緒に家を任せられるようになっていた。

そう考えれば敵がキラエムだけというのは、シンプルでわかりやすい。

「神都を急襲してキラエムを倒せば終わりですかね」

「お、私の得意なやつだね」

速攻はビレナが最も得意とすることだろう。ここから神都なら、ビレナは走って行くと言い出しかねない距離だし……。

いつの間にか倒せる倒せないの問題ではなくタイムアタックの問題になってたな……。まぁいけるならいいんだけど。

「バロンからして、ここにいるメンバーで神国を攻め落とせると思うか？　三人はともかく俺はBランクだけど……」

一般的にBランク冒険者の強さは武装した一般成人百人分の強さ、とされる。

いわゆる百人力ではあるが、これから相手にするのは国だ。

「正直、アレだけの力があってBランクというのは詐欺もいいところだ。さっさとコイツらと同じランクに上げてしまえと思う」

「バロンもそう思うよねー」

バロンはこのメンバーにいると忘れそうになるがSランク相当の実力者。それだけの人物に認めてもらえて悪い気はもちろんしない。

「カゲロウ抜きでもBランク相当の力はあるんじゃないかなー？」

「いや、流石にカゲロウ抜きじゃ俺ろくに戦えなくないか……？」

「従魔共感、自己強化、信頼強化……ご主人さまに還元されているものもここまでくると相当なもののはずですよ？」

「これだけの面々を従えたテイマーは、歴史上でも稀だろうな」

「それはそうだろうけど……」

テイマー自身の能力強化は、竜一匹をテイムして初めて「少し変わったかな？」と思える程度のもの。そもそも竜なんかテイムできるテイマーは強さに困ってないし、微々たる効果すぎてすっかり忘れていた。

だが今の俺のテイムしてる面々を思い返すとこの効果、かなり馬鹿にできないものになっているだろうな。

「気づいていないだけで、ご主人さまは強くなっていますよ」

「そもそも私に勝っているのだ。心配するならむしろこちらのほうだろう」

「私、リリィ、バロン、カゲロウちゃんだけでSランク級が四だねぇ。リントくんはバロンに勝ったからもうSランクで計算していいし」

「ギルちゃんもご主人さまのテイムの効果で力が伸びてますから、もうSランクと言ってしまっても良いかもしれませんね」

Sランクの大安売りである。

「まあご主人さまはご自分の成長以上に私たちの強化に力が回っているように見える分実感がないのでしょうが、Bランクくらいの相手なら憑依なしで圧倒できると思いますよ」

「うんうん！」

二人がいつも通り俺を甘やかす。

「ありがとう。で、まぁ俺がBランクではないとしても、相手は国だし、話の規模が大きいから……」

「そうだな。確かに全員強いが、神都を中心に迎撃の準備を進めているであろうキラエムとやり合うことを考えれば……」

バロンが考え込む。

「単体戦闘能力において他の追随を許さないビレナ殿。広域に魔法を展開し、行く先々で神国民を味方につけられる聖女殿。そしてSランクを含む複数の魔物を従えるテイマー、リント殿。そこに私でSランク級が四人ということになるが……キラエムの持つカードは未知数な部分もある。欲を言えば闇魔法で対抗できるといいんだが……」

「そこはバロンがいけるんじゃないのか？」

「私かっ⁉　いや……多少の心得はあるが、しかし……」

バロンが慌てて否定するが、何とかなる気がする。

そういえば……。

「バロンには二人みたいな変化はないのか」

「変化……？」

「ビレナはツノが生えたし、リリィは天使化を覚えたけど……」

「テイムブーストだねー！」

ビレナがそう言いながらツノを見せつけてくる。

「いや……流石に身体にそんな変化はないが……最近確かに身体が軽くなった気はしていたな……」

「あ、バロンってダークエルフですよね？」

リリィの言葉で初めて気づいた。

褐色、整った顔立ち、そして少し尖った長い耳。特徴としては十分揃っている。普通のエルフより耳に特徴が大きく出ないし、本人が触れないので気にしていなかったが。

「どうしてそれをっ⁉」

「え、隠してたつもりだとしたらポンコツすぎませんか？」

「くっ……うるさい！　これまでは鎧を取ることもなかったんだ！」

なぜ隠したがるのかはわからないけどバロンなりに気にしていたらしい。

「ダークエルフなら何だと言うのだ」

「精霊魔法の適性と闇魔法の適性が共存するダークエルフならではのスキル、ありますよね」

「あれは……しかし……」

「あー！　悪魔を喚べるやつ！」

バロンが戸惑うのも無理もない。

「悪魔召喚など、正気の沙汰で行うものではないぞ」

「ま、見ている限りまだバロンには難しいですかね」

「ふん……」

ちょろいバロンが挑発にも乗らないということが悪魔召喚の危険性を物語る。

俺も悪魔召喚の知識はかじっているが普通の神経でやろうと思えるスキルではない。

文字通り魔族の中でも悪に属する封印された存在を召喚するスキル。

悪魔は基本的に今の地上の生物が勝てる相手ではない。そのため出現直後のまだ力が弱い間に契約で縛るのが普通だが、それに失敗すれば地上に魔王が生まれ、少なく見積もって大陸の三分の一は支配下に置かれるというリスクがある。

悪魔を倒せるのは尋常でない力を秘めた勇者や聖属性を極めた……あれ？

「リリィがいたら何とかなっちゃうんだよねぇ」

「あと、ご主人さまのテイムも普通の契約より早くて有効ですね」

二人はいつも通り乗り気だ。というよりこの二人なら魔王くらいサクッと倒してきてもおかしくはない……。

そしてこの二人の強さを肌で感じ取れるバロンが、それに共鳴してしまった。

「ふむ……やるか？」

「できるんですか？」

「さあな。だが今なら、できる気はする」

バロンが両手を広げると部屋を埋め尽くす多重魔法陣が幾重にも生み出された。

「おお。これは正直驚きましたね……こんなことまでできたんですね、バロン」

「お前らといると自分でも忘れそうになるがな、私もそれなりのものだぞ？」

「ふふ、知ってますよ。バロンが強いことは、誰よりも」

「ふん……」

リリィとバロンの間には何か、長年培った不思議なつながりがあるみたいだな。

バロンが目を閉じて集中すると、周囲の魔法陣が煌めきだす。ただしその光はほとんどが紫を中心としたドロドロとした印象を与えるものだ。これは闇魔法の特徴になっている。

「ぐっ……」

「無理に多重展開しすぎたんじゃないですか？」

リリィが手をかざすと少し表情が和らぐ。

その間にも部屋を覆い尽くす魔法陣はどんどんその光を大きくしていき、ついに部屋の中心から禍々しい黒い何かが生み出されたように現れた。

あれが悪魔であることは疑いようがない。

「ご主人さま、今のうちに」

「いいのか？」

本来この力はバロンのものだというのに、俺がテイムするのは横取りのように感じてしまう。だがバロンは早くしろと目で訴えかけてきた。

「召喚に全部の魔力を注ぎ込んでいますから。もともとご主人さまに捧げるつもりですよ、バロンは」

「そう……なのか？」

バロンを見ると照れているのか露骨に顔を逸らされる。

まあでも、そういうことなら遠慮なくいこう。

「テイム」

「何?!」

黒い塊が驚いて声を上げたがもう遅い。すでにテイムは完了し、俺たちに危害を加えることはできなくなっていた。

にしても、声の主、えらい幼い少女のような声だったけど……。

「え？　え？　まだ認識すらできてなかったはずだろう?!　何事だ?!」

紫のモヤが晴れ、黒い塊が人型に形作られていく。

「わー、可愛い子だねぇ」

「うげっ……何なんだこいつら……」

悪魔をして何なんだと言われるビレナたち……。

「こんな見た目でも悪魔ってことは三百年くらい生きてるんだよねー？」

「うるさいっ！　何だお前!?　私はもう八百年生きてるわ！　そんなガキと一緒にするな！」

「見た目はまんま子どもだなぁ」

「うるさいわ！　ばーか！　ばーか！」

召喚された悪魔は見た目が完全に子どものそれだった。顔や身体つきは子どもなのに、服装は激しい露出があるのでギャップがすごい。

黒い謎の材質が服として身体を覆ってはいるが、その範囲は最低限股間と胸を覆うだけ。衣装の一環なのかタトゥーのような模様が目元やお腹に入っていてこう……端的に言うとエロかった。

「リントくん、守備範囲？」

「まぁ……」

「言葉にはなってないけど、かなり見てますよね」

「ほんとに……この点だけはすでにこの二人に勝るものがあるな……」

嬉しくない褒め言葉だった。

「何だぁ⁉　お前ら！　私はこれでも七大悪魔の一柱──わっ、やめ……ちょっと⁈」

「あ、これ簡単に脱げるんですね！」

「やーめーてー！」

涙目のロリっ子悪魔に襲いかかる聖女……どんな図だ……。

「おい！　お前がご主人だろ⁉　もうそれは諦めるからこいつから助けろ！」

「ふふふ、助けてほしい割に頭が高いなぁ」

「くっ……お願いします、助けてください……」

「でも残念ながら私たちのご主人さまもあの人なんです！　仲良くなりましょうね？」

「どんな理屈だっ⁉　あっ、そこはだめっ……もうっ！　何なのだぁぁぁあああ！」

ロリっ子悪魔が叫ぶが抵抗虚しくそれでなくても防御力の低そうな装甲がすべて剥がれ、タトゥーだけが浮かび上がった全裸の少女になっていた。

「八百年も生きてるんだから経験くらいありますよね？　こんな身体ですが」

「こんな身体とは何だ！　やめるのだ……あっ……それ……何だこの……んっ……」

「初々しい反応で可愛いー」

「あっ……って、どこを舐めて……んっ……それ、待って……あぁっ」

リリィとビレナがノリノリで悪魔を攻めてる様子を、バロンが信じられないものを見る目で見ていた。

「あの魔力を見てなぜああも気楽に触れ合えるんだ……」

ミラさんはもう、何も見なかったことにしてキッチンに逃げ込んでいる。

まあ二人に何を言っても無駄だろうな。

「良かった。リント殿がまだこちら側で……」

バロンはそう言うが、残念ながら俺もあちら側なんだよな……この点で言うと。

「ほらリントくん、おいでよ」

「バロンもどうですか？　楽しいですよ？」

「ひゃぁっ……うぅ……そんな……ところを……あぁっ……舐め……あぁあぁあぁあっ」

呼ばれるがままにふらふらとそちらに向かう俺を、バロンがやはり信じられないものを見る目で見つめていた。

「どうどう？　今までとタイプが違って可愛いよね？」

「可愛いとはなっ……ひゃぁあん……やめるのだー！」

「えー？　気持ちいいんじゃないですか？　こことか」

「ひゃんっ……こらぁ……やめるのだぁ……」

すっかり弄ばれた全裸の少女。食堂で襲われているあたりももう、文字通り据え膳という状態だ。

「可愛いな。もう挿れたいくらい」

「んっ……挿れ……!?　バカそんな大きな物が入るはずが……んむぅっ?!」

とりあえず小さな口でよく濡らしてもらう。そのほうが痛みもないだろう。

小さい身体だからよくほぐさないと。

「んぁっ！　こらっ！　こんなものを……んっ……咥えさせた状態で、いじるんじゃ……ひゃぁん」

「耳が弱いの、可愛いな」

「羽も弱いですよ」

「でも多分、ここが一番効くと思うんだよね」

ビレナが指を指したのはしっぽだった。

「なっ……や、やめるのだ……他の場所は良い……良いから……そこだけは……その……」

「耳であの感じ方なのに、しっぽをいじりながらやったらどうなっちゃうんでしょう？」

「何でもするから……そこだけは……お願いしまひゃああああああああああん」

「おおっ、これだけでイっちゃうんだ」

「ま、ひゃあぁあ、待って！　あぁっ！　ああああああっぁあっぁああ。待って……待っ……あぁあぁあぁああああああ」

シュコシュコとしっぽをこするとその度ビクビク身体が跳ね上がる。

口元からはよだれが垂れ、目もうつろになるほど激しくイき続けた。

「あぁぁあああああああ待って……もう……死んじゃ……あぁぁぁああああああっ待ってぇ」

「おちんちん欲しいって言ったら、あげますよ？」

「えっ……そ、そんなひゃあぁあぁああああん、わかった！　わかったから……あぁぁぁああああ」

容赦なくリリィとビレナはしっぽを舐め上げる。

俺もその間もずっと耳をいじったり胸をいじったりしてその度震える悪魔っ子の反応を楽しんでいたが……。

「うぅ……その……ひゃあああああ待っ……言うから！　言うのにぃぃいいいあぁあああああああ

っ」

「この状態で、言わなきゃ」

「早くしないと、もっと大変なことになっちゃいますよ？」

「大変な……？」

うつろな目で悪魔が自分のしっぽを見つめると……。

「まっ……それを挿れたりしたら……待って！　待ってください！　おちんちん！　おちんちんをください！　お願いしますぅううあああああああああっそんなっああっ……言った……言ったのにぃいいいいいいあああぁぁぁあああぁぁぁ」

まあ、言ったらやめるとはリリィもビレナも言ってなかったとはいえ、本当に容赦がなかった。おかげで俺の息子はビンビンだ。

「ふふ。このくらいで勘弁してあげましょうか」

「んっ……あぁあっ……はぁ……ひどい……目に……あった……はぁ……」

「あれ？　どうして終わったつもりでいるんですか？」

「へ……？　だって……？」

「自分で言ったじゃないですか。おちんちんが欲しい、って」

にっこりと聖女が微笑む。

「待っ……休ませて……」

「だそうですが？」

「ごめん、我慢できない」

「そんなぁぁぁぁああああああっんんんんんんぁあぁぁぁああああ」

もうびしょびしょどころの騒ぎではない上、しっぽでほぐされていたあそこはすんなり俺のものを受け入れた。

だがやはり身体が小さい分あそこもキッキッだ。リリィは包み込むような、ビレナはむさぼるようなあそこだし、バロンはぴっちり、ミラさんは絡みつく感じがあったんだが、この子はもう動かすのが大変なくらいにはキツイ。

「んっぁぁあああっ、そんな……いきなり奥まで……はあぁぁあああ」

「どうですか？　ご主人さま」

「新感覚かも……」

「ではこうしたら、もっと良くなるのでは？」

そう言いながらリリィは悪魔のしっぽを持ち上げて……。

「んぁっ⁉　今触らないで……んっ……何をするつもりだ……やめ……んっ……やめて……くださ……あぁぁぁああああ」

当然願いは聞き入れられず、リリィはしっぽを口に含んで転がし始める。

それでなくてもキツキツだった少女のあそこがさらにキュッと締め付けを増す。

「おお……」

「あっ……あああっ……もう……むり……ひんひゃう……あぁあぁっぁあっ」

限界が近いようなのでこちらもスパートするとしよう。

「あっぁう……んんんんあぁあぁぁぁあああああ」

もう声にもならない少女の喘ぎ声を聞きながら……。

「イクぞ」

「あぁあぁぁあっ……はい……イッて……お願い……ひまふ……あぁぁぁあぁぁああ」

「イク！」

「ああぁぁああああああああああああああ」

締め付けがキツイ分、いつも以上に搾り取られるような感覚に襲われながら、俺は少女の中で果てた。

「はぁ……はぁ……何なのだ……一体……」

「気持ち良かったよ」

「そう……か……はぁ……」

現れたときの圧倒的なオーラなどすっかり消え失せ、うつろな目で全裸の少女が力なく笑っていた。

◇

しばらく休んだあと、ようやく服を元に戻せる程度に回復した悪魔っ子を交えて、改めて今後の方針をまとめていくことになった。

「ふむ……ご主人らは神国を滅ぼしたいということだな？」

ドヤ顔でふんぞり返るロリ悪魔。これはこれで可愛いんだが、何回説明してもダメそうだった。

滅ぼされると困るというのがなかなか悪魔には伝わらない。

「うーん、この子やっぱりちょっと頭が弱いのでしょうか……」

「うるさいぞ！　淫乱聖女！」

悪魔はリリィと仲良くなっているようだ。

「で、そういや名前は何なんだ？」

いつまでも悪魔っ子ではちょっとなと思い聞いたのだが……。

「ふふ、悪魔は簡単には真名《マナ》を明かさんのだ」

「じゃあバカとでも呼びましょう」

「アホでもいいね！」

「お前ら終いには滅ぼすぞ！」

ビレナも仲良くなっていた。

「ご主人！　ちゃんと従魔のしつけはしておけ！」

「はいはい。で、何て呼べばいいんだ？　このままだとバカかアホになるぞ」

「ぐぬぬ……いいだろう、真名は明かせんがベルと呼べ」

こうして味方に悪魔が加わった。獣人、神獣、聖女、ダークエルフ、悪魔か……。どんなパーティーだこれ……。

「リントくん、この子はアホの子だけど強いのは間違いないよ」

「それは感じてる……」

結局俺のテイムに従っている形だから、その力が俺に還元されている。能力上昇の幅はビレナやリリィをもってしてもまるで比較にならないほどだった。

おそらく二人がかりでもまともな戦力差なら勝てない。属性の相性のおかげでリリィならトドメが刺せることは刺せるが、そこまでの時間稼ぎを誰がどうするのかという問題は出てくる。

テイムがなければ危なかったという話もあるが、悪魔の中でも上位であることも間違いない。

つまりバロンの適性がそれだけ高かったということを表していた。

「ふふ、私の力に驚いておるようだな」

「そうだな……これは素直にすごい」

「ふ……ふふふ！」

顔を赤くして背けるベル。照れてるな。

「可愛いねー、ベルちゃん！」

「そうですね、赤くなってる姿は何かこう、守りたくなっちゃいますね」

「うがー！　何なのだお前らはー！」

微笑ましく見ているがバロンは固まっていた。

「あんな圧倒的な存在を前に何であんな態度に出られるのか理解できん……召喚したはいいがリント殿がいて心から良かったと思ったぞ……」

「でも、バロンの力だろ。あれだけの悪魔が召喚できたのは」

「なら良かったが……」

相変わらず若干怯えた表情でビレナたちを見つめるバロン。ミラさんもやはり、キッチンからはなかなか出てこなかった。

俺はテイムしてるからか、そんなに脅威には感じないんだけどな。

「ご主人ー！　たーすーけーろー」

あの様子を見て緊張感が得られないというのが真実かもしれなかった。

ひとしきり撫で回されたあと、ボサボサになった髪のまま改めてベルがこう言った。

「で、神国を滅ぼすんだな？」

「いや、だから滅ぼさないでくれ……」

話が振り出しに戻ってしまう。

「だが今から乗り込むのであろう？　滅ぼさずにどうするというのだ」

「話が進まないからしばらく還っててもらう？」

ビレナが突っ込む。

悪魔召喚は精霊と同じく、そちらの世界に戻っておいてもらって、またいつでも術者が召喚できるという特性を持っていた。

「俺はできないぞ」

だが俺はテイムはしたものの還し方がわからない。

「私もできないな……」

同じく召喚したバロンもお手上げという状態に、ベルが自慢げにこう言った。

「ん？　そんなこともできないのかお前ら、こうするのだ」

シュルシュルと黒い渦が生まれてそこへ吸い込まれるようにベルが消えていく。

「自分でいなくなったのね……」

「やっぱりちょっと頭が……」

とりあえずややこしいのはいなくなったということで、改めて準備を進めることになる。

「喚びだすだけなら俺でもできそうだな」

「私もおそらく、喚ぶことはできる……というより今も早く出せと訴えかけてくるのがわかる……」

バロンは自分が召喚者だからどこか感じるものがあるんだろう。

「ま、これで強力な切り札も手に入ったということで、神国に殴り込みだけど……キラエムを急襲しつつ、リリィが民衆を味方につけていく、って段取りでいいんだよな？」

バロンの懸念していた闇魔法についても、スペシャリストである悪魔が加入している。もうこれ以上は望めないだろう。

「そうですね。国王に話をつけ、早急に神国を制圧してしまいましょう」

「早いに越したことはないだろうな。時間をかければそれこそ辺境伯家も動くだろう」

バロンの言葉ももっともだった。

「そこはこのあとの挨拶と、国王への謁見次第か」

「そうですね」

だとすると国王に求めるのは神国のことを俺たち以外に関わらせるなという話になるか。

ほとんどビハイド対策の話になるか……？

「国王との話し合いはリリィ任せになると思うけど、神国への不干渉くらいなら何とかなるもんなのか？」

「そうですね。ですがもっと効果的な話し合いができると思いますよ？」

リリィが不敵に微笑んでこう続ける。

「国王との話し合いの前に、動くと面倒なビハイドに釘を刺しに行きましょうか」

バロンが顔を引きつらせるくらい、リリィは悪い笑みを浮かべていた。

◇

ギルに乗って三人で辺境伯家に向かったのだが……。

「何だ貴様らは⁉」

この台詞、どこかで聞いたことあるなぁ……。ああ教皇のときか。

「お初にお目にかかります。聖女様ビハイド辺境伯」

「ほぉ……これはこれは聖女様。ではございませんか」

リリィが顔を出すと露骨に性的な目つきになり、声色を変えた。

敵対する相手が叩きのめしても罪悪感がない相手で良かったと思っておこう……。リリィも嫌そうに顔を歪めていた。

「しかし、いかに聖女様とて屋敷にドラゴンを乗り入れられては困りますなぁ。御用とあらば迎えに行かせたものを……」

「お気遣いなく。辺境伯の移動手段では限られた時間の中でお会いすることも難しいかと思いまして」

ビハイドは迎えに行かせると行ったが本来の立場を考えれば聖女に会おうと思えば自分が出向く必要があるだけの格の差だ。リリィの返答は自分が動くこともない厚かましい態度に対する牽制も込められていた。

「お忙しいご様子ですがお話があるのであれば屋敷へどうぞ……」

「では失礼して」

リリィの合図を受けて俺とビレナも降りる。

「そちらは？」

「ご存じないですか？　私のパーティーですが」

「ほう……？　聖女様は随分前に冒険者は引退されたかと……まぁ、従者のようなものでしょうか」

リリィは従者という言葉にイラッとした様子を見せたが、まあいいだろう。

ついていこうとしたらビハイドが声を荒らげる。

「誰が御者にすぎん貴様に敷居を跨がせると言った？」

御者？

「汚らわしいテイマーが……我が領土に足を踏み入れておることすら虫唾が走るというのに……」

あ……と思ったときにはもう、二人から隠しきれない殺気が溢れていた。

「さぁ聖女様とお付きの方はこちらへ。いいな、貴様はそこを一歩も動くんじゃないぞ！」

「今、何と？」

「へ？」

ビレナにはツノが、リリィには羽が生えている。

Sランクの枠を飛び越えた尋常でないプレッシャーを一身に浴びたビハイドは腰を抜かす。

「へ、へ……？　何が……」

「我々のご主人さまに、今、何と？」

「ごしゅじん……さま？」

死の笑みを浮かべるリリィと俺を交互に見ながら恐怖に震えるビハイド。

「あーあー。普通に話し合いに応じてれば、もうちょっと生きながらえたのに」

ビレナは魔力を抑えきれず身体が発光し始めていた。

「ご主人さま、予定と違いますが、もうこれは良いですよね？」

「ちなみに俺が止めて、止まるの？」

笑顔で応えるリリィ。ダメだな……。

◇

「す……すびばせんでした……」

ボコボコにされて膨れ上がった顔は、醜く太った腹回りを彷彿とさせた。

今回はリリィが自分で殴って自分で回復させるという暴挙に出ていたためビレナはちょっとやり足りなそうにしている。ただこれ以上やると肉体は無事でも精神が死ぬということでしぶしぶビレナは我慢していた。

「で、わざわざ今日来たの、殴るためじゃなかっただろ……」

「えへへ……つい」

いやまぁ、釘を刺すという意味ではこの上ない効果があるとは思うけど……。国王と話す前にここまでやって良かったのか……？

いや後の祭りか……。

「ここまでやるつもりじゃなかったけど目的は果たしたでしょ？」

「まあ……」

釘を刺すどころかあと一歩間違えたらトドメを刺してたんだが、まぁいいか。

「テイマーへの不当な扱い、裏で糸を引いていたことはわかっています」

「なっ……」

「我々はこのあと国王に謁見しますが……」

「待っ……待ってください！　その……それには……！」

必死にリリィに縋り付こうとするビハイド辺境伯。

リリィがさらっと言ったけどそうか……。王都と比べても明らかに厳しかったフレーメルでのテイマーの扱いを思えば、そうであってもおかしくはない。

決め手はさっきの俺に対する態度だろうけどな。あれは何か異常なほどのテイマーに対する憎しみを感じさせた。

「謝罪いたします……ですが……あの……」

「ええ、わかってますよ」

リリィが笑顔で顔を治療した。

「へ……？」

許されたと思ったのか、ビハイドが安堵の表情を浮かべる。

「これまでのテイマーへの不当な扱いに関して、撤回するということであれば不問としましょう」

「よ、よろしいので……？」

「ええ。証拠も隠滅していただいて結構です」

「にゃはは。まぁ私たちも鬼じゃないから！」

ツノは生えてるけどねと笑いながらビレナが言う。

そんなビレナの態度を見て、リリィが顔を寄せてきて俺に囁く。

「証拠は隠滅しようと動けば必ずボロが出ますから。それにこれが時間稼ぎになります」

「そういうもんか」

ビハイド辺境伯にとって、取れる選択肢は必然的に絞られてくる。

ここから先はとにかく証拠隠滅に走るとして、そのあとは俺たちと対立するか、俺たちに媚びて生き延びるかを選ぶしかない。

「で、では……今後とも何卒、何とぞ……」

「はいはーい」

「忠告はしましたからね？」

「はい！　それはもう！」

「じゃ、帰ろっか」

「そうだな……」

この先どうあっても救われないビハイドを哀れに思いながら、その場を後にした。

◇

ビハイド屋敷から帰ってきて数日。

ヴィレントから連絡が入り、俺たちは再び王都に戻っていた。

「これ、本当に俺必要だったのか……？」

ギルドマスターヴィレント、Sランク冒険者ビレナ、聖女リリルナシル、神国騎士団長バロン、そして俺。

場所は王城だ。長い長い廊下を使用人について歩いていく中、一人だけ場違いな俺は終始そわそわしていた。

廊下って言ってるけどもうこれホールと言われてもおかしくない広さだし、両サイドの絵画や陶芸品が滅茶苦茶高価なことは何となくわかる。何なら今踏んでいる絨毯すら……。いやもう、考えるのはやめよう。

「絶対必要！」

ビレナに逃げたいと目でも訴えかけるが絶対に逃さないと顔に書いてあった。

「場違いすぎない？」

一生縁がないと思っていた城に足を踏み入れるどころか、国王への謁見だ。しかもリリィたちが来たという名目のせいで晩餐会だという。

「マナーとか全くわからないんだけど……」

「心配せずとも冒険者にそのようなものは期待されておらん」

一緒に来てくれたヴィレントがフォローを入れてくれる。

何でこんなメンバーにこんなのが交ざってるんだという気持ちは俺が一番感じているんだ。だからそんなに睨まないでほしい……貴族の皆さん……。

「こちらに」

案内された部屋に通され、座る場所もわからずヴィレントに助けられながら何とか席につく。

程なくして国王陛下と従者たちが入ってきた。

グリント＝ラ＝ディタリア。ヴィレントと同じくらいの歳に見える。何だかんだ言ってもヴィレントは元冒険者、高身長で意外とガタイのいいヴィレントと比べれば一回り小柄だが、廊下で見た貴族のようにだらしなく腹が出たりしていない、聡明そうな見た目をしていた。

見様見真似で頭を下げたりしていると食事が運ばれてくる。と同時に国王が口を開いた。

「神国から遠路はるばるご苦労。到着してすぐ挨拶ができなかったことを詫びよう」

「とんでもないことでございます」

外行きモードのリリィがしっかり対応している。こういうの見ると聖女なんだなぁと感心する。

普段《夜の姿》からは想像できない姿だ。

「さて、今日は半数以上が冒険者だ。堅苦しいことは抜きでよろしいかな？」

「お気遣いありがとうございます。陛下」

その言葉で少し力が抜けた。

運ばれてくる料理も飲み物もこの世のものとは思えないくらいうまい。マナーだの周囲のことだのは気にならなくなってくるし、それで問題ないことはヴィレントが教えてくれていた。

「して、ヴィレント。人払いは済ませたぞ」

食事を進めてしばらくすると、国王がそう告げた。周囲にいる使用人は信用できる人間だということだろう。

話を振られたヴィレントは……。

「さて……何から話せば良いか……」

「まずはこのメンバー選定の理由からであろうな。猊下も来られなかった理由を含め」

ヴィレントと国王グリントは旧知の仲らしい。

国王にはヴィレントから色々伝えているという話だったが、どうも全部は伝えてないようだな。まあこうして直接じゃないと話せないことが多いということでもある。

まずはやりやすいところから紹介していくことにしたらしいヴィレントが、リリィとビレナの紹介から入る。

「聖女リリルナシル、そしてこないだSランクになったビレナは私の弟子でな」

「ほう。そうだったか。噂は聞いておったが、こうして顔を合わせるのは初めてであったな」

リリィが微笑み、ビレナがにゃははと笑う。二人とも顔は知られているようだ。

続けてバロンの紹介。

「滅龍騎士団長バロン。神国の要人として、今日来られない教皇に代わって来てもらった」

「ふむ……なるほど。神国最高戦力と名高い……」

バロンもこういった場には慣れているようで凛々しい表情のまま一礼した。

「して、やはりその者が気になるな」

国王の目が俺に向く。

白髪頭の目立つ初老ながら気迫十分といった様子。特にその目力はこちらの芯を見透かされるような凄みがあった。

「我が王都ギルド期待の新人と言っていいだろう。リントという」

促されて頭を下げる。

「良い良い。慣れぬ真似はするな」

国王が笑いながらそう言ってくれる。

「すでにレア種のダブルスキルドラゴンをテイムするドラゴンテイマーだ」

「ほう。我が国にドラゴンテイマーが現れたのは何年ぶりか……」

「すごいのはそれだけじゃないぞ？　驚け。ドラゴンより強い従魔を四体も抱えている」

「何っ⁉」

国王が思わずといった様子で立ち上がる。

そこで冷静になったようで口元を拭きながらゆっくりまた腰掛ける。

「しかし……ドラゴンより強いだと……？　そうほいほいおらぬだろう、そんなもの」

「ここに三人もいるではないか」

「それはそうだが……まさか？」

目を見開いてこちらを覗き込む国王。

「ふふ。私からお願いしたんだよね」

「私もそうです」

「私は……私もです……」

ビレナたちが口を挟む。バロンも不承不承ながらではあるがリリィの笑顔に怯えたように声を絞り出していた。

「ふむ……そうか……。しかし前例のないことだろうな。なるほど、それでか。お主がここに来たのは」

「そうなります」

小心者なので俺は一応慣れない敬語を使う。

「もう一人はどこにおる？　そのポケットに見え隠れしておる可愛らしい生き物と言われればそれはそれで驚くが」

その言葉にはリリィが答える。

「強いですけどね、この子も。ですが明確にランクが高いのは別です」

「きゅっ！」

「見せてあげなよ、リントくん」

リリィとビレナに言われるがままに、カゲロウを召喚した。

「キュクー」

じゃれてくるカゲロウを撫でていると国王がすぐにその正体を見破る。

「まさか、帝狼種か……厄災ではないか」

「敵意を持って人里に現れれば、な。だが今は見ての通り可愛らしいものだろう」

ヴィレントが得意げに国王に告げる。国王も静かに頷いて……。

「触っても良いのか？」

「もちろん。行っておいで、カゲロウ」

「ほう。カゲロウというのか……おお……不思議なものだな。炎のようだというのにこの……おお……」

カゲロウの触り心地にうっとりとした表情を見せる国王。その目には……。

「キュルケも触りますか？」

「良いのかっ？」

「きゅっ！」

パタパタとキュルケも国王のもとに飛んでいくと、国王の膝に着地してさあ撫でろと偉そうにふんぞり返っていた。

「なるほど……こちらは見ての通りのもふもふだな。気持ちが良い」

「元はスライムですけどね」

「何だとっ⁉　いや……だとすれば……」

「気づいた？　リントくんはテイマーとして、国に名を刻むと思うよ」

ビレナの言葉に国王が俺を見て、そのまま視線をヴィレントへ移す。

「わしが見てきた中でも、圧倒的な才能を持っていることはわかる。すでにBランクの認定は出したが、時間の問題だろう、Sランクというのも」

ヴィレントに褒められると嬉しいな。国王の俺を見る目も変わった。

「なるほど。驚いたものだ」

そう言いながら国王がカゲロウとキュルケを撫でて目を細める。

しばらくそうしてから、手を止めて国王がこう言った。

「だが、驚かせに来ただけではあるまい？」

それはそうだ。このためだけに来たわけではもちろんない。本題はまだまだあるんだが……。

「もちろんそうだが……本当に驚くのはここからだぞ」

ヴィレントの言葉通り、驚かせ続けることにはなるだろうな。

「何だ、いまさら少々のことでは驚かんぞ」

キュルケとカゲロウから手を離し、改めてヴィレントのほうを向いた国王がそう言う。

その視線を受けたヴィレントは……。

「神国の現状はどこまで知っておる？」

「お主から聞いた情報以上のものは持っておらん。神国のクーデター、そこから逃れた聖女と教皇、そしてそれを守る滅龍騎士団、であったかの」

「すまんな。それは随分前の情報だ」

国王の言葉にヴィレントがさらっと答える。

「何だと……？」

「すまんすまん。だからわざわざこうして場を設けてもらったのだ」

「ふむ……聞こう」

「ここからは聖女に譲ろうかの」

ヴィレントがリリィに目を向ける。

それを受けてリリィが説明を始めた。

「まず、教皇の身柄は私たちが拘束してあります」

「は……？」

いきなり開いた口が塞がらないという様子の国王。

構わずリリィは続けた。

「すでに教皇に味方などおりませんでしたから。私はもともと自由になりたかったので今回のクーデターはちょうど良かったですし、バロンはクーデターを起こした枢機卿派でした」

「……待て待て。頭が追いつかん……少し待て……つまりお主らはクーデターに乗っかるというわけか？」

「そうではありません」

リリィの答えにさらに混乱する国王。

「私たちはこのあと、クーデターを起こした枢機卿キラエムを倒しに、神国へ入ります」

「……人払いをしたのは失敗したかもしれん……大臣に同席させるべきであった……」

「まあまあ、私たちは別に兵を寄越せとかこの件に協力しろって言うわけじゃないからさ」

ビレナが気軽な感じでそう伝えるが、国王の頭上に浮かぶ『？』が増えるだけだ。

「では、何を……？」

「我々が神国で何をしても、目をつむっていただきたいと」

リリィの言葉に国王は黙り込む。

「……なるほど……そうきたか」

国王は椅子にもたれかかりため息を吐いた。

「まあもともと、隣の国だし自由にするつもりなんだけどさ」

ビレナが言う。

「隣国のことだ、すでに余が口出しできる範囲ではあるまいが……Sランク四体を抱えるパーティーに自由を……これは……下手をすれば我が国も傾けかねない話だ」

ため息を吐く国王に、リリィが笑いかける。

「では陛下。同盟を結びませんか？」

「神国と、か？　その不安定な状況で？」

「いえ、我々パーティーと、です」

「一国が一パーティーと同盟など……いや、最初からそれが狙いか……」

今のですべて理解した国王が、後ろに控えていた従者に耳打ちをすると、その従者が退出する。

「……国がパーティーと同盟というのは不可能だ」

もちろんわかっているとばかりにリリィが頷く。

ちょうど従者が戻ってきて一枚の紙を王に渡す。

「だが、余個人とであれば話は変わる」

「ええ」

「これは余、グリント＝ラ＝ディタリアと、冒険者リントの率いるパーティーとの間に結ぶ、個人の協力関係」

「そうですね」

「全く……結ばねば無駄に脅威が広がる。結べば神国をお主らが乗っ取ることはさらに容易になるときた。こんなことならトラリムを呼んでおくべきだったわ」

「国王の右腕、ですか」

「あれはもはや半身だ。万が一あやつが国に背けばこんな国などあっという間に滅びるであろうな」

トラリム宰相。平民から成り上がって国のナンバーツーにまで上り詰めた智将。Bランク冒険者時代にどこかの貴族に拾われたのがスタートと聞いている。相当頭の切れる人物であるらしく国民からの人気もある。

「ふふ。西にも警戒しなくてはならない広い国は大変ですね」

こうしてなぜか俺は国王との協力関係を誓うことになる。

もちろん魔法による効力のある契約。相互の不可侵を誓い合った。

「これで神国の命運は決したか」

ヴィレントが息を吐く。

「ま、実はあんまり変わらないけどね」

「そうですね。ご主人さまが神国に向かう時点でもう……」

二人の態度に色々諦めた表情の国王が深いため息をこぼした。

「はぁ……まぁそうであろうな。余が止めようとお主らにとっては障壁が増えた程度にしか感じられんだろう……ヴィレント、弟子の手綱はしっかり握っておけ」

「何を言う。だからこうしてわざわざ来たのではないか。放っておいたら今頃、神国には新たな指導者を中心に戦力が膨れ上がったという急報が流れておったところだ」

「それもそうか……感謝する」

ふぅっと深い深いため息を吐きながら、椅子にもたれかかる国王。

「神国はもう私たちのものになっちゃうと思っておいていいからね？」

「お主らを見ておると、そうなるんであろうな……」

国王はそう返すのがやっとだった。

ビレナを相手にすれば国王でも振り回されるのだなと思うと、何だか気が楽になった。

第四章　神国へ

「いよいよか……」

王都から戻ってきて、一度神国への入り口とも言えるフレーメルの家に戻ってきた俺たちだったが、改めて神国に向けて出発することになった。

俺たちが立ち上がる中、ミラさんが声を上げる。

「私は留守番でいいのよね？」

「うんうん、そのために仲間になってもらったんだからねー！」

「仲間……」

「家のこと、お願いします」

「わかったわ」

ミラさんが微笑み、俺たちは神国に出発する。

家にはシーケスもいるし、こっちは心配しなくても大丈夫だろう。

俺がいよいよ始まる神国との攻防戦に向けて緊張感を高めている中、ビレナがふとこんなことを言う。

「あ、しばらく会えないし、おっぱいとか揉んどけば？」

「はい？」

ビレナの言葉に固まるミラさん。

「ご主人さま、せっかくですしいいのではないですか？」

リリィもなぜか煽り始める。

胸元を手で隠して怯えるように後ずさるミラさん。

「嫌がってるからさ……」

「い、嫌じゃないわよ、ほら」

なぜか一転して胸を突き出して差し出してくる。よくわからないけど揉ませてもらって旅立つことになった。

「ほら、好きにするといいわ。そもそもこんな服なんだしいつでも見られてるようなものよね……」

「じゃあもう出しちゃえばいいじゃんっ！」

言うが早いか、ビレナがミラさんのそれでなくても防御力のないメイド服をペロンとめくっておっぱいを丸出しにした。

「きゃっ……」

「お、初々しい反応」

「普段から見え隠れするくらいの服でも、丸出しにされると恥ずかしいんですね」

「あ、当たり前じゃない！　あんたたちみたいな羞恥心がおかしくなってるのと一緒にしないで！」

これに関してはミラさんに割と同意だった。ビレナ、いきなりおっぱいチャレンジしたしな。スリルがいいって言ってたし興奮したはしたけど、こうやって普通に恥ずかしがってくれるのもいい。

さらけ出された胸を腕で押さえようとしているが、位置がずれて乳首が隠れていないのも含めて、大変良いものを見せてもらった。

「じゃ、揉んじゃおうー」

「……ほら、やるならやりなさい」

改めてミラさんが隠すことを諦めておっぱいを突き出してくる。

遠慮なく触ると、程良いサイズの胸が俺の手の中でふにょんふにょんと形を変える。その度に顔を真っ赤にしたミラさんが「んっ」と小さく声を上げるのも含めて、とても良い。

「リントくん、おっきくなってるね」

「ビレナっ⁉」

器用に足元に来たビレナが俺のズボンを下ろして息子を咥え始める。自分でも我慢できなかったのかあそこをいじりながら咥えていた。

「では私は後ろから……」

リリィはおなじみになりつつあるアナル舐めを始めてくる。こちらも股間に手を伸ばしている。

「え……わ、私も何かしたほうがいいのか……？」

取り残される形になったバロンにビレナがこう言う。

「リントくんとキスとかどうかな？」

「キス……」

そういえば改めてしたことがなかったな……。

「い、いいのか？」

なぜかバロンがそんなことを聞いてくる。ちなみにこの間もずっと、ミラさんの胸は揉み続けていた。何ならミラさんも少し下が濡れてきているのを感じる。

「バロンがいいなら、しようか」

「もういまさら気になどするか」

そう言いながらゆっくりと、バロンの整った顔が俺に近づいてきて……。

「んっ……」

鍛えた見た目とギャップすらある柔らかい唇が押し当てられる。

「しっかりお口にご奉仕するイメージで舌を使うんですよ？　バロン」

「む……こ、こうか？」

リリィの声に戸惑いながらも舌を入れてくるバロン。素直さが可愛くてついいたずらしたくなり……。

「んっ?!　むっ……うっ……んんん……！」

俺のほうからも口の中を犯すくらいに舌を暴れさせる。律儀なバロンは離れずにされるがままだ。

「もうっ！　私のおっぱいに集中しなさいよ！」

「え……？　んむっ⁉」

その様子を見ていたミラさんが突然俺の顔をバロンから奪うように自分の顔に近づけていって……。

「んっ……んんっ……ぷは……はぁ……んっ……私に、集中する気に、なったかしら？」

妖艶な笑みを浮かべてミラさんがそう言う。

だがその隙に今度はバロンが俺の顔を持っていく。バロンもキスが気に入ったようだな。

「にゃはは。みんな我慢できなくなってきたかな？」

「……そうですね。ですが時間も限られてますし、ご主人さまにイッていただいて終わりにしましょう」

リリィがそう言うと、示し合わせたかのようにビレナのペースも上がる。

二人は自分でしてるし……俺はミラさんとバロンのをいじるか。

「んっ⁈　ひゃっ……」

「あっ……待て……私のことはいっ……んっ……」

交互にキスをしながら二人をイかせるためにあそこをいじる。

俺も攻められている状況だから必死だが……。

「あっ……ダメ……んっ……」

「んむっ……口を……塞いで……んっ……あぁっ……」

二人とも乗ってきたのか、ミラさんは自ら乳首をいじりだし、バロンも俺の手にこすりつけるように腰を動かし始めた。

このペースなら……。

「こっちもペースあげちゃおっかな？」

ビレナがそう言う。俺も限界が近いし……。

「イかせるぞ」

「んっ……あっあっ……」

「あっ……んんっ」

「あぁあぁあああああああああああああああああ」」

二人が果てたのを確認して……。

「ビレナ、出すぞ……」

「んっ……ふぃいよ？」

ジュポジュポとペースを落とさずにビレナが答える。リリィももうアナルに舌が入ってくるくらい激しくなっている……。

「イクぞ！」

「んっ……んむっ……んっ……」

「はぁ……はぁ……」

ビレナを見ると口に精液を溜め込んでいるのを見せつけるように口を開けて……。

「……んっ……ごちそうさま」

ゴクンと満足そうに飲み込んでいた。

◇

「じゃ、行こうか」

改めて準備を整え、ギルのいる屋上まで出てくる。

「ミラさん、よろしくね」

「お金をもらった分の仕事はするわよ」

屋上の風のせいでパタパタとメイド服に似た薄い布が揺れて色々見え隠れしているが、表情だけはキリッとしているから大丈夫だろう。

にしても……。

「ほんとにギルが寝られるスペースがあったんだな……」

屋上は木々が生い茂っていて、ギルが隠れられる程度には広大だった。外から見ると改めて家がどれだけ広くなったかわかるな。

もともとの小屋だった一室は直接屋上につながっているからここは庭のような感覚になるな。

「ギルちゃーん」

ビレナがギルのほうに駆け寄ると、嬉しそうにギルも頭を差し出して撫でられていた。

最初の怯えようを考えれば随分仲良くなってくれたものだ。

「ギルちゃんも調子が良さそうで良かったです」

「グルルゥゥゥ」

リリィに撫でられて気持ち良さそうに声を出すギル。

確かにこれまでは落ち着ける場所もなかったと思うと、ギルにも良かったんだろうな。

「俺が召喚を覚えたらもうちょっと楽になるんだろうけど……」

「グルルゥ」

気にするなと言わんばかりにギルが鳴いて応えてくれていた。

◇

「ギル、大きくなってたんだな」

俺、ビレナ、リリィ、バロンの四人が乗っても問題ない鞍を取り付けられたギルだが、全く気にする素振りもなく快調に空を飛んでいる。

背中に四人を背負っているが重さを気にすることはない様子だった。

ビレナやリリィのような変化はなくとも、身体つきは間違いなく立派になっていた。メスだったのも影響してるかもしれない。竜はメスのほうが大きくなるしな。

「流石にギルに乗ったまま神都までは行かないほうがいいよな？」

「そだねー。どう思う？　リリィ、バロン」

「今は国境の守りをする余裕はないでしょうが、神都に行く前には降りたほうがいいでしょうね」

「そうだな。キラエムの射程圏内に入るなら、我々だけのほうがいいだろう。このドラゴンが強いことは認めるが、魔法使い相手に的が大きいのはリスクだ」

そうか。今から向かう場所は国民全員が魔法使いの土地なんだな……。

「じゃあ神国にはギルちゃんに乗ったまま入ることにして、途中からは走ろっか」

「そうですね」

「私もキラエムの気配は追っておく。危険を感じたら知らせよう」

それぞれがギルの上で臨戦態勢を整えながら、話している間に森を抜け、神国の領土が見えてくる。

開けた場所に降ろしてもらって、いよいよ神国に侵入した。

◇

「ここはどの辺りなんだ……？」

「ぎりぎり神国領域、ではありますね」

「すまないな。だがすでにこの辺りから、闇魔法の気配を感じた」

バロンの進言によって予定より早い着陸となったわけだが、近づいた時点で俺たちも目に見える異変に気づいた。

夜、魔道具のない農村はほとんど真っ暗になるはずだというのに、この辺りだけ光が溢れていたのだ。

いくら全員が魔法使いとはいえ、夜にこれだけ光が出ているのは異常だ。あまり考えたくないが、何かが燃えているようにも見えた。

「行こう！」

ビレナが飛び出そうとするが……。

「待ってください。ここはすでに敵地ですから、要らぬトラブルに顔を出しては危険もありますよ？」

リリィの言うことももっともだ。もう神国に入った以上、下手に暴れて先手を取られる形になるのは危険だ。

だがあの光、十中八九、農村は襲撃にあっている。

「行こう」

俺が声を上げる。

「ご主人さま……」

「行くべきだろう」

次に声を上げたのはバロンだ。

「もともとの予定通りではないか。行く先々で神国の新たな指導者を認めさせていくのだろう？」

バロンが笑う。要するに目の前で襲われる神国民を守りたいということだけはリリィにも伝わる。

「仕方ないですね……騎士団長様は」

「ふっ……私には、聖女殿のほうがよっぽど行きたがっているように見えたがな」

そう言うと二人が猛スピードで明かりに向かって走りだす。俺もビレナに引っ張られるかと思ったが、ビレナは俺の手をとる様子はなかった。

「多分リントくん、もう追いつけるよ？」

「ビレナの本気に、か？」

「だってリントくん、あの二人が走りだしたの、見えたんじゃない？」

「見えたは見えたけど」

確かに今までなら、二人は消えたようにしか見えなかった可能性はある。カゲロウの憑依なしでも目で追えたのは明確な成長だった。

「ふふ。走ってみよ？」

「あぁ……カゲロウ」

「キュクー」

改めてカゲロウを纏って走りだす。身体が驚くほど軽い。景色がすごいスピードで消えていく。

「これが……」

まだ走るスピードで追いついただけではあるが、Sランク級の三人の景色に追いついた。

間違いなく、俺は強くなっていた。

◇

「女子どもは残しとけ！　使うか売れる！　男は殺せ！」

「何で俺たちがこんな目に……」

「こんなんなら教皇がいてくれたほうがマシだった！　くそっ！　くそおおおおおお」

たどり着いた村には、地獄のような光景が広がっていた。

「ここまでとは……」

バロンはフルフェイスの重騎士スタイルになり暴れている盗賊たちに襲いかかった。

「ご主人さま、怪我人がいれば教会へ！　戦えそうなら制圧をお願いします！」

それだけ言うとリリィもあっという間に飛んでいく。小さな農村でも神国なら教会が存在する。その上盗賊たちも神国民だ。教会にはなかなか手は出してこない。

ビレナたちはすでに各方面で盗賊の制圧に回っていた。

俺も今にも手をあげられそうな家族を見つけて駆け出す。

「何だぁ？　お前――ぐぁ」

「てめぇ！　がはっ……」

「こいつ……囲め！」

相手は七人、二人はすぐに無力化できた。

あと五人。

「死ねぇえええ！」

斧を振りかぶって突進してきた男をカゲロウの加護に任せて力尽くで投げ飛ばす。

あと四人。

今ならこの程度の相手は問題ない。言っている間にキュルケが相手の背後に回り込んで……。

「きゅー！」

「ぐっ……」

あと三人……。

「こいつナニモンだ!?　仲間を集めろ！　囲め！」

「いや、その必要はない……」

仲間を呼ぼうとしたところで騎乗した男が現れた。ほとんど裸に近い荒くれ者たちの中では馬に乗っているだけで異質な存在だ。事実、実力もこれまでの男たちとは一線を画している。

「お頭?! 何でここに⁉」

「てめぇがあの化け物どもの親玉って聞いてなぁ？ 他のやつと比べりゃ圧倒的に弱えくせによぉ！」

なるほど。相手はこの集団の頭らしい。

ビレナがこちらに向かって笑顔でサムズアップしているところから見るに、わざわざこちらに回したということか。

騎乗した男は言葉を続ける。

「俺はこれでもよぉ、Bランクの冒険者って肩書も持っちゃぁいるんだ」

「それは大問題だな……」

Bランク冒険者が何で盗賊の頭になってるんだ……。それに襲撃している盗賊団のほうが、農民の数より圧倒的に多いことも気になる。

それほど神国は荒れているのか……？

「Bランク冒険者の力、わからないわけではあるめぇよ。てめぇが人質になってあいつらとイイコトさせてくれるっていうなら、命だけは助けてやってもいいぞ？」

「なるほど……」

「てめぇも冒険者ならわかるだろう？　Bランクには逆らっちゃいけねぇ壁があることくらい」

それは間違いなくその通りだ。Bランクというのは本当に冒険者の中でも一握りの存在。

俺もつい最近、そうなったとはいえ、まだまだ実感がない。

だってそのくらい、上位冒険者は憧れの存在で、輝かしい実績と実力を積んだ者だけが到達するものだからだ。

子どもたちが語る冒険者、吟遊詩人が語る冒険者はどれも、Bランクを超えている。

だからこそ目の前の存在がそうであるとは、少し、認められない部分があった。

「ちなみに、向こうの三人のこと、ちゃんと見たのか？」

「あ？　いくら格上だろうがよ。パーティーリーダーが人質じゃあ大人しくするだろ？」

「そうか……」

あの三人の戦いぶりを見ても実力差がわからないのか……。

これでBランクだというのなら、俺ももう少し自信を持ってもいいかもしれないな。ここで出会えたのは幸運だったかもしれない。俺に自信をつけてくれる相手だから。

「で？　女を差し出す覚悟は決まったかい？」

「いや、お前が俺に勝てたらそうしろ」

「は？」

「カゲロウ」

改めて精霊《カゲロウ》を纏う。

相手に合わせて憑依したり解除して別行動をさせたりといったことくらいは、あっさりできるようになっている。

流石に空気が変わったことを感じ取ったようだが、もはや相手も後には引けなくなっていた。

「何だそりゃぁ……てめぇ……」

「来ないのか？　ならこちらから行くぞ？」

「っ……」

馬を下がらせようと手綱を引くが馬のほうが固まってしまって動けない。カゲロウのプレッシャーに負けているんだろう。

地を蹴って馬上の男まで一気に距離を詰める。

「馬鹿め！　攻撃は上から下が定石なんだよ！」

「力の差がなければ、だ！」

精霊憑依状態であれば、SランクのカゲロウをBランクが相手にするようなことになるのだ。上も下も関係ない。

「なっ?!」

男の持っていたサーベルが吹き飛ばされて宙を舞った。だが怯まず腰元の短刀へ手を伸ばす。その辺りの切り替えは流石だと思うが、今の俺にはそれにも対応できるだけの力が備わっていた。

腰に向かっていく手をねじって、勢いのまま馬上から突き落とした。

「ぐあああああああ」

折れたかもしれない。だがそのまま腕を取って周囲を警戒する。

「くそっ！　武器を下ろせ野郎ども！　俺たちの負けだ！」

あっさり降伏したことに既視感を覚える。あぁ……バロンのときだ。

「ほら、見ての通りだ！　武器も捨てた！　てめぇも手を離しやがれ！」

「おい、この状況でよく偉そうにできるな？」

「ぐああああああああ」

ちらっと見えたのはナイフ。おそらく何か塗り込んでいた。

ということでもう片腕ももらっておく。

「くそ……」

腕が使えなくなっても魔法で何をするかわからないので油断はできないんだが、完全に戦意をなくしたのを確認してひとまず戦闘を終えた。

襲われていた家族が怪我をしている様子を見て、教会に逃げるよう、身振り手振りで伝えると何度も頭を下げながらすぐにこの場を離れてくれた。

「てめぇら一体何もんだ……。今のこの国にわざわざ乗り込んでくる馬鹿な冒険者のくせに、その力……」

「あの三人を見てもわからなかったのか？」

「俺が見たのは獣人のバケモンがうちの部下をずたずたにしていくとこだけだ。ったく……どんな神経してたらあんなバケモン飼う気になれんだ……くそが」

なるほどな……。

「略奪は何度目だ？」

「あぁ？」

「何度目だ？」

「ふんっ。俺たちももともとは辺境で暮らしてたんだよ！　今じゃこうでもしねえと自分らの食《く》い扶《ぶ》持《ち》も稼げねぇ！　冒険者ギルドは依頼がなけりゃ動けねぇしよぉ！　国が荒れちまったら端っこからこうなってく！　わかりきったことだ」

なるほどなぁ……。ただまぁそれでも、それをいいことに好き勝手をしたこいつらが許されるわけじゃない。

「お前らみたいなやつが生まれないようにしないとだな……」

「は？」

このあと国を動かすはずのバロンにとっても、今日ここで盗賊を制圧できたのは、ある意味良かったかもしれない。こうなってはならないという決意を固めるために。

ちょうど良く教会からリリィの声が響いた。

「皆さん、聖女リリルナシルです」

村の各地で驚きの声が上がる。

「おい、聖女様だ?!」

「聖女様って枢機卿《すうききょう》と一緒にいるって」

「ばか。あれは枢機卿が流した嘘だろうよ。行方不明だったって」

そういうことになってたのか。

「神託が下りました。逆賊キラエムに天誅を下し、国には新たな指導者をと」

にしてもよく響くな。教会には拡声魔法があるのだろうか。すごい技術だ。

「新たな指導者の名はリント。この動乱より皆さんを救うべくこの地に降り立ちました」

盗賊たちが俺をまじまじと見ている。名乗ったわけではないがリリィがこのパーティーの一員だったことは察しがついているだろうし、そのリーダーが俺だということはわかっていたからな……。

「逆賊キラエムを討ち、新たな指導者が立ち上がるには力が必要です！　神はそのために、私に新たな力を与えました！」

教会の屋根から夜にもかかわらず光が溢れたのが見えた。

演出のためにリリィが魔法を使ったのだろうが、効果は覿面《てきめん》だ。神々しく後光の射すその姿に、村人は自然と膝をついて祈りを捧げていた。

「神の力を、ここに」

光り輝いたリリィがその光に包まれていく。そしてそのシルエットから、翼が生まれた。

「おぉ……」

「ありがたや……ありがたや……」

「聖女様がついに神様に……」

こうして見るとほんと、すごいな……。翼の生えたリリィはまさに神の遣いにふさわしい風格を兼ね備えた天使になっていた。さらに……。

「おぉ……?! 傷が！」

「うそ……あなたっ！ 無事なの?!」

「足が動く……！ 動くぞ!!!」

広域に一斉に回復魔法を使ったらしい。聖属性適性S⁺五段階はとてつもない……。この人数を一度に治しきってしまったらしい。中には瀕死の重傷者もいたのが周りの反応から見て取れた。

敵味方関係ない魔法だったから、俺が折った腕も元に戻っているんだが、いまさら何かを仕掛けてくる気はないようだった。

むしろ……。

「こいつは……まさか聖女様のパーティーに手を出しちまってたのか……」

戦意は完全に折れた様子だった。

リリィとバロンに聞いていたが、この国の人間は信仰のためなら自ら死を選ぶことすら厭わないとか。

今は国が混乱し、その信仰を向ける先がないためにブレてしまっているものも、リリィがわかりやすい指針になってあげることで前を向かせられると言っていた。まさにその言葉通りの姿がそこにはあった。

これなら放置しても大丈夫だろう。盗賊たちは拘束だけしてその場に放置し、リリィたちと合流するために教会へ向かった。

◇

「リリィ、あんな広域に魔法を使って何ともないのか？」

「ご主人さまのおかげで、未だかつてないほど力が溢れていますから」

ほんとに平気そうだ……。回復魔法は消費魔力も大きいはず。それを広域にあれだけの威力で放ったというのに……。

普通の人間なら魔力切れで何回死ぬかわからないレベルだ……。

そんなことを考えていると後ろからビレナが飛び込んでくる。

「リントくんおっつかれー！」

「おお……」

「お、わざわざ敵の親玉を回したかいがあったかなー？」

ビレナがそう言うくらいの変化は生まれたのかもしれないな。

「ちょっと自信はついたかもしれない」

「にゃはは。それは良かった」

そうこうしているうちにバロンも姿を見せる。

改めてリリィが口を開いた。

「思っていた以上にこの辺りは荒れているようでしたね……」

「私としては、このままこの周囲を放置して行きたくはないな」

バロンは苦しむ村人がいるのならそれを放置したくないという。

「バロンって前評判だとろくでもないやつって感じだったけど、常識人だし割とこうやって優しさも見せるよな」

素直に疑問に思ったのでそう言ってみたが……。

「目の前でこんなことをされているのを放置するのは寝覚めが悪いだろう」

「まあ目の前でなければ気づかないところもありますからね、バロンは……。脳筋なんでしょうね」

「ぐっ……」

リリィにばっさり切り捨てられていた。心当たりはあるようでバロンも何も言い返せなかったが、まぁ何というか、リリィも口ではそう言いつつ表情は柔らかいな。

「リントくん、どうする？」

ビレナが聞いてくる。

目の前で起きているこの暴動を食い止めるべきか、当初の予定通りキラエムの元へ向かっていくか、だが……。

「この辺りの問題を処理してからにしよう」

キラエムの準備が整ってしまうという問題はあるが、もうこのメンバーならそちらの心配はあまりしすぎないほうがいい。

いざ神国を治めるとなってからのことに気を配っていたほうがいい気がする。

「キラエムの性格を考えれば、ここでしばらく戦っていれば向こうから姿を見せてもおかしくはありませんよ」

「そうなのか？」

「はい。むしろ神都には実験施設も多いですし、神都は闇魔法が弱まりますから。外に出てきて戦うメリットは向こうにもあるかと」

なるほど……。

「ま、少しでも周りを助けたほうが気持ち的にはいいよね！」

「そうだな」

ということで村長に挨拶だけして、盗賊は縛り付けてギルに見張りを頼みながら、次の村、次の村へと進撃を開始した。

◇

「ありがとうございます……ありがとうございます聖女様」

十の村を通って五つがまさに動乱の最中にあった。中には村人同士の争いが激化して内戦になっているところすらあった始末だ。

十の村で無事だったのは比較的裕福な村が二つだけ。三つの村はもう、焼け野原になっていた。救えるだけは救ったが、被害は計り知れない。

何だかんだ進んでいるうちに神都にも近づいてきたし……。

「そろそろキラエムも動きだすかな」

「そうでしょうね」

そう口にしたところだった。

「これは……!?」

黒い扉のようなものが目の前に現れる。

その異様な光景を前に、バロンが俺を守るように前に立った。頼もしい前衛だ。

なぜか一緒にキュルケも前に出てたけど。まぁ、頼もしいのは頼もしい。

「これはこれは、聖女殿。活躍は神都まで響き渡っておりましたよ」

黒い扉、その中から一人の長身の男が現れた。

次いで大勢の武装した集団が同じように黒い空間から現れ、周囲を囲む。

「ええ、不甲斐ない中央に代わって少し仕事を……」

「ふふ。これは手厳しい。いかんせん私もこう見えて忙しかったもので……」

リリィと対峙しているのがおそらく、元枢機卿キラエムだろう。

「リント殿」

小声でバロンが耳打ちしてくる。今は兜を脱いでいて知らない人間から見ればただのダークエルフだ。キラエムにこの姿は見せたことはないという。

「気づいているとは思うが……あの周囲の纏う空気……」

「闇魔法だな」

バロンの指摘の通り、キラエムの周囲にはどす黒いほど濁った紫の魔力波が渦巻いている。

「忙しかったとはいえ聖女殿の手を煩わせた罪は重いでしょうなぁ……。おい」

「はっ！」

キラエムが武装集団の一人に声をかける。

「そうだな……貴様の命、我が国へ捧げよ」

「はっ！　喜んで！」

どういう意味だと考えるまでもなく、呼び出された兵士が自らの胸に剣を突き立てた。

「なっ⁈」

これにはリリィもバロンも驚きの声を上げた。

「兵士一人の命では足りないと……仕方ありません。おいっ！　貴様！」

「はっ！」

キラエムの声に応えて一人の兵が胸に剣を突き立てようと動いた。

「待ちなさい。これ以上は不要です」

「そうですかそうですか……お許しいただけるとは、さすが聖女殿は寛大であられる」

軽薄な笑みを浮かべるキラエム。

どこかおかしい……。おそらく兵は洗脳だろうが、キラエムはそれでは説明がつかない。そう思っているとビレナが耳打ちしてきた。

「星の書だね、きっと」

「星の書……？」

「うん。リントくんのにも書いてなかった？　暴走したときのこと」

「暴走……」

テイマーが力を制御できなくなれば、周囲の魔物の存在進化や活性化だけを進め、魔物たちが暴れ狂う結果になるという記載が、確かにあった。

「拳闘士はね、力に飲まれると肉体が崩壊するって書いてあった」

「じゃあれは呪術士の書の暴走ってことか」

「多分だけど、ね」

星の書、呪術士の書がキラエムのもとにあり、その力に飲まれたのだとすれば説明がつく。

普通の人間は目に見えるほど黒い魔力を放出させたりはしないしな。

「闇魔法には相手を強制的に従わせるスキルも多いからねぇ」

ビレナがつぶやいたのを聞きつけてキラエムの顔がこちらへ向いた。

「ほう。予習がしっかりできてるものもおるようだな」

「キラエム！」

リリィが自身に注意を向けようと声を出すがキラエムは取り合わない。

「ふふ。まぁまぁ、私は新たな神託とやらも、聞いていますのでねぇ。そこの男でしたか、教皇の代わりに立たせるというのは」

キラエムと目が合う。

もともと細身に長身である独特の威圧感に加え、目の下のクマの他、闇魔法特有の紫のどす黒い魔力が顔色にまで反映されている。

「ふぅむ……特段何も感じぬ小僧ではあるが、どうしてもというのであればここで死んでもらうしかないですな」

「ふっ……。見ただけでは何もわからない能無しというわけですね、貴方は」

リリィの挑発にキラエムが一瞬苛立った表情を見せたが、すぐに切り替えてこう言った。

「私が準備をせずに来たとは思っておりますまい。今神国の周囲には、未だかつてない強力な魔物たちがおりましてね」

そう言うと先程と同じ黒い扉が現れ、禍々しい瘴気に包まれた四本足の生き物が現れる。

「もちろん、私が作ったものたちですが」

カゲロウほどとは言わないが、出会った頃のギルとならいい勝負になるんじゃないかと思えるほど、強い……。ランクでいえばA+の魔物だろう。

「盗賊程度に好き放題やられる農村では、対応に困りそうですな」

「まさか……」

「ええ、今は各地にて私の合図を待っていることでしょう」

国をすべて人質にしているのか。

流石にそこまでの広範囲に打てる手はないと思っていたが……。

「私としてもまぁ、聖女殿がこれほどの戦力で来たことは想定外ではありましたがねぇ、これだけの数には対応できますまい」

そう言うとキラエムの周囲には黒い門が無数に生み出され、それぞれから見たこともない魔物たちがどんどん湧き出てきた。

キラエムの行動にリリィがそっとほくそ笑むのが見えた。そうだよな。各地に散らされていたんじゃ対処できなかったけど、わざわざここに集めてくれたんだ。

「ふふふ……素晴らしいでしょう。これは」

身体が複雑に他の生物同士でつなぎ合わされている。いわゆるキメラだ。

もう一つ異変がある。先程自害を求められた兵士の死体が黒く包まれて消えたのだ。

「これは……闇魔法の代償を洗脳した人間に肩代わりさせているのか」

「ひどいね……」

バロンの言葉にビレナがそう言う。

「さあ、これを前にして何か、言い残すことは？」

キラエムが上機嫌にそう告げる。確かに百体ほどのランクA+の魔物たちともなれば、並の相手は歯が立たないだろう。

だが、今相手にしているのは並の相手ではない。全員がランクS級。圧倒的な力を持った、歴史に名を刻む冒険者たち。

「まさかこの程度の戦力で我々を止めるつもりですか？」

「ふむ……なるほど、この程度では強がりを見せられる、と」

そう言うとキラエムは今の三倍の召喚を行《おこな》った。

兵士も三人倒れて消えたが、それはもう諦めるしかないだろう……。

「ふふ、どうです？　これでもまだ強がれますか？」

「これで全部？」

「ええ、そうですねぇ、ですがそれがわかったからと言って――」

リリィが笑う。キラエムの言葉を信じるに足る何か確信を得た様子だった。

キラエムはこのとき、ずっと人質を取り続けていればまだ、生きながらえたことだろう。

もちろん言葉をすべて信じるつもりはないが、国を包む禍々しいオーラがすべてここに集まってきたことは、俺たちも肌で感じ取れていた。

「ご主人さま」

リリィが俺のほうに振り返って笑う。

「んー？　何をしようというのですか、そんな役に立たない小僧が」

キラエムの表情には余裕がある。ただこちらも準備する時間は十分にもらっていた。これだけ時間があれば、相手が三百を超えるキメラの大群でも何とかなる。

それに数で言えば、灼熱蟻たちのほうが断然多かったからな！

「テイム！」

「馬鹿げたことを……こんな数を一度にテイムすることなど……それどころかこの魔物、一匹ずつがAランクを超える危険度だというのに」

キラエムの言うことももっともではあるが、重要なことを見落としている。

テイムに応じるかどうかの抵抗力はテイムされる個体に委ねられているわけだ。こいつらが自ら今の状態を逃れたいと願えば、テイムの成功率は跳ね上がる。

「さて、まずはあの馬鹿な男から、やってしまいなさい！」

手を掲げ魔物たちに指示を飛ばすキラエム。だがすでにその指示に従うものはいなかった。

「は……？　おい！　何をしている！　早くせんか！」

「ぷぷ……間抜けだねぇ、あのおじさん」

「ぐっ……貴様ぁあああああ」

ビレナの挑発にのって身を乗り出したキラエム。その腕には闇魔法のための紋章が刻まれている。

「闇魔法には、闇魔法で対抗するのが良いだろうな」

バロンが手を合わせて祈るようなポーズになる。これはあの時、ベルを召喚したときと同じポーズだった。

だがそれを知らないキラエムは高笑いする。

「ふははは。神頼みか！　いいだろう、好きにすればいい！」

取り合うことなくビレナに向かうキラエム。得意げな表情でビレナに殴りかからんと腕を伸ばし、
そして――

「こうも下賤で使いこなせておらん闇魔法というのも、なかなか見られるものではないな」

小さな、だが地上で最も優れた闇魔法のスペシャリストに、キラエムの渾身の攻撃が片手で受け止

められた。

「は……？」

キラエムが信じられないものを見る目で目の前の黒い幼女を見つめた。

「何事かと思えば本当に……くだらない男だな」

片手で受け止めたその拳を、掴むことなく支点に利用してキラエムを宙へ浮かび上がらせた。

「なっ⁉ 何が……」

「闇魔法を使っておいて、わからないのか？」

「まさか……」

キラエムは現実を受け止めたくないようでまだ抵抗しているが、もはやベルには目を離されてしまっていた。

「ご主人、私をあちらへ閉じ込めておいてこんなタイミングで喚びおって……」

「いや、あれは自分で勝手に還っただけだろ」

「うるさいっ！　とにかく！　こいつを片付けたらそれなりの礼を準備せよ！」

「はいはい」

よそ見したままキラエムを地に叩きつけるベル。

「ぐはっ！　貴様ら……よくも……よくも！　あの教皇から国を救い出した男に対してよくもっ！

私が死んでも国民は認めんぞ！　この国はすべてが神教徒！　このような男が指導者などバカにする

のも」

「私は天使になりましたからね……そのくらいいくらでも、やりようがあるのですよ」

翼を見せつけるように動くリリィ。

「何だ……と……」

目を見開くキラエム。さっきまでもやってたから大丈夫だろうとは思っていたけど、この様子を見ると天使化の恩恵で神教徒を味方につけることに問題はなさそうだな。

絶望するキラエムが辺りをキョロキョロと見渡す。

そして斜め前に立っていたバロンに気づいて声を上げた。

「おお！　兜がないから気づかなかったが貴様、その鎧、バロンではないか！　よく来た、さあこの逆賊どもを叩き潰せ！」

キラエムの目から闇魔法の気配が放たれる。もしかするとバロン本人も気づかないうちに、こうして洗脳を受けていたのかもしれない。

だが今のバロンにとっては、いささか幼稚すぎる魔術だった。

「これまで何人、そうして自由を奪ってきた？」

「は？」

「これまで何人、ああして命を奪ってきた？」

「ふん……この私の役に立てたというのだ。光栄なことであろう。それよりも貴様、なぜ私の魔法を……」

バロンはもう用はないとでもいうようにその場を離れる。次いでベルが男の前に立ちはだかってから、ちらりとこちらを見てこう問いかけてくる。

「なぁご主人、こいつ、もうもらって良いか？」

「もらう？」

「見ていたのであろう？　闇魔法の源泉を」

その言葉にいち早く反応したのはキラエムだった。

「ま、待て……?!　まさか……」

「仕方あるまい。このものはもはや生かしておくわけにはいかぬだろう？」

リリィに確認するベル。

「そうですね」

「では、こうして高貴な魔族の糧となれること、誇りに思いゆくが良い」

「ま、待て！　待ってくれ！　代わりならいくらでも……！　まだ私には千を超えるストックが……」

この国の国民はすべて、私が……！」

「救いようがないの……この私の役に立てるというのだ。光栄なことであろう？」

「な……それは……うあああぁぁあぁぁあああああ」

それだけ言って、ベルの放つ黒い瘴気に包まれ消えていった。

「キメラも同様だの。あれらはもはや長くは持たぬ。苦しみから解放してやったほうが良い」

「そう、だな……」

一旦は俺のテイムで支配下に置いた三百を超える魔物たち。それぞれがAクラス以上というだけあって強大な力を感じるが、あれで長く生き続けることは難しいだろう。

つながっているからこそわかるが、彼らも終わりを望んでいた。

「せめて安らかに眠れ」

そう言うと先程と同じ黒いモヤが、先程とは異なり禍々しさもなく柔らかに魔物たちを包み込んでいく。

「にしてもこれでリントくん、余計強くなったね」

「多少は強くなっただろうけど、テイムした本体がいなくなれば効果は落ちるからな」

テイムして解放してを繰り返すだけで強くなれるならもう少しやりようがあるが、そういうわけにもいかないからな。

「ふふ。通常ならばそうであろう。だがどうだ？　力が消えたように感じたか？」

ベルが得意げに言うので確認してみると、確かに力が消えた感じがない。

「闇魔法で生まれた者たちだ。闇魔法で還した。だがその過程で少し力の流れをいじったのでな。ご主人と私に力が流れるように」

ちゃっかり自分も取り分を取っているあたり、悪魔らしいな。

「これ、あの兵士たちはどうなるんだ？」

「闇魔法の効果が消えて眠っておる、そのうち起きるだろう」

「起きたとしてもキラエムなしに何か行動を起こすとは思えません。放置で良いかと」

リリィが言った言葉に従うことになった。

「ちなみにこやつ、妙な術を仕掛けておったぞ。あちらのほうだ。急いだほうが良いだろうな」

ベルが指を差したのは神都の方角だった。

「それ、ベルの力で何とかなったりしないのか？」

「わからん。まずは現地に行ったほうがいいだろうな」

なるほど……。

「じゃ、行こっか」

「走りますか……私だけは先に飛んで向かいます」

「ギルも喚んでおくか。キラエムもいないし近くにいてくれれば帰りは楽だろう」

「ん？　ご主人、飛べぬのか？」

「そんな飛べるのが当たり前みたいに……リリィがおかしいだけでみんな飛べるわけじゃないからな？」

「ふふふ。それならば私の力を流し込もう。翼を使えば良い」

「翼……？」

確認する間もなくベルから力が流れ込んでくるのを感じる。コントロールしきれないほどの力の奔流が俺の身体を襲ってくる。

「ぐ……」

「ご主人、無理せず流れのままに従え」

「わかっ、た……」

力に従うように力を抜くと背中のほうに熱がたまるのを感じる。

「そうそう、それで良い。これが魔族の持つ移動手段の一つじゃ！」

気づくと背中に黒い魔族の翼が生えていた。

翼を見て真っ先に思ったのは……。

「これ、脱着できるよな?!」

「ふふふ！　では行くぞ！」

聞いてないようだ。自分もいつの間にか翼を出して準備を整えていた。

「じゃ、競走だねー！」

ビレナが準備運動する横でバロンが勘弁してくれという表情をしている。

地上組がバロンとビレナ、空から俺とリリィとベル、ということで二グループで神都を目指して動きだした。

「おお……難しいな、飛ぶの」

「ご主人、手を取れ」

「ふふ、初々しくて可愛いですね。ご主人さま」

二人に手取り足取りといった形でサポートを受けて何とか空に慣れていく。

そうこうしているうちにビレナたちはもう出発していた。

「大丈夫です。走るとどうしても障害物にぶつかりますから、スタートが遅れてもこちらのほうが早く着きますよ」

そうなのか、と思って地上を見るとビレナが障害物である木々をすべてなぎ倒して進んでいく姿が見えた。

「ま、まぁ……あれやってる分、スピードは落ちますから……」

呆れた表情のリリィに励まされながら、急いで地上組を追いかけた。

「新鮮だな……飛ぶのって」

「ふふ。私も最初は使いこなすのに苦労しましたね」

「慣れればドラゴンより速く動けて便利だぞ」

実際ベルのスピードは目を見張るものがある。俺とリリィが直進する軌道上をぐるぐる旋回してもなお、同じ速度で進んでいるからな。

「ふむ……先に行って見てきても良いかもしれんな」

「いいのか？」

「良い。その代わりまた旨いものを食わせてくれ」

そう言って飛び出していくベル。

旨いもの……ときたが、さっき食ったの、キラエムと魔獣なんだよな……。

「まあ後で考えるか」

「そうですね」

リリィが笑いながら俺の横を飛ぶ。

「随分安定してきたんじゃないですか？」

「そうだな。まっすぐなら一人でも飛べそうだ」

俺が飛ぶことに徐々に慣れてきた頃……。

「おお……！」

「あれが神都です」

現れた巨大な建造物に思わず声を上げる。王都でも見られなかった光景がそこには広がっていた。

「ご主人さまは初めてでしたよね。あれが神国の誇る、大聖堂です」

「ああ、これはすごい……」

何の魔法で造ったのかわからない、一見質素ながらその装飾一つ一つにとてつもない価値を感じる。

これが俺みたいなド素人でも感じ取れることが何よりもすごいところだと思った。

「ビレナたちも到着したようですし、合流しましょうか」

「そうだな」

黒幕《キラエム》はいなくなったものの、ベルの言った何かがあることは、俺の肌でも感じ取れる。そのくらい神都は、薄気味悪い空気に包まれていた。

「ようやく追いついたか……」

流石にビレナについていくのはバロンでも大変だったようで多少息が荒い。

「敵の親玉は倒しちゃったのに、何があるんだろうね？」

ビレナは準備運動にもなっていないという様子で、ケロッとしているあたり、やっぱり同じSランクでも差があるんだろうな。

先に着いて様子を見てきたベルが戻ってきた。

「ご主人、やはり大規模な儀式魔法が準備されておった」

「どんなものなんだ？」

「聖堂の中にはなぜか大量の人間がおった。あれらを贄《にえ》に使い、我らの世界をこじ開ける魔法だ」

「我らの世界……それって……」

「放置すれば神都に野放しの悪魔が放たれるであろうな」

とんでもないものを用意してたな……。

ベルはこんな様子なので忘れがちだが、これでも純粋な戦闘力はビレナ三人分と言っていいほどの力がある。悪魔というのはそういう存在だ。

「解除はできそうか？　その儀式」

「それがだな、ご主人……」

嫌な予感がする。

「あれは場所が悪すぎる。大聖堂など、いかに強力な七大悪魔たる私でも力が存分に使えー――

「つまり神国で悪魔は役立たずなんだねー」」

ビレナが間髪を容れずに突っ込んだ。

「うるさいわ！　これだけの魔法の全貌を把握できただけ良いと思え！　それに力が封じられておっても、あの儀式で悪魔が喚びだされればそれなりの被害は出るぞ」

それはその通りなんだろう。

「そういう意味で言えば、私もあそこで力は発揮しにくいな」

「ま、それを込みでバロンはコントロールされちゃったんだろうねぇ」

「そうだったのかもしれんな……」

もともと闇属性に適性があると神都では力を発揮しづらい状況になっているらしい。バロンはこんな感じなので気づいていなかったようだが、ベルが言うなら間違いないだろう。

力が発揮できなかったからこそ、バロンは洗脳されるようにキラエムに従った。

キラエムも闇属性の適性が高かったが、バロンとは違って躊躇《ため》いなく生贄を使って効果を高めていたからな……。

ただそのキラエムがわざわざ俺たちのところに来たのも、神都がそういった造りだったからといえる。

「とはいえこの地は儀式には向いておる。闇魔法の力が弱まる地とはいえ、贄を重ねれば強力な悪魔も喚びだせるであろうな」

「話をまとめると、ベルとバロンは普段より力が落ちる。放っておけば悪魔で溢れる。ベルでも儀式は止められないってわけか」

神都において一番力を発揮できるのは……。

「私が動くしかないでしょうね」

「天使の力なら対処できるやもしれんな」

「そうですね……広域解呪……神都にいる人たちに私の存在を知ってもらう機会と思うことにしましょう」

そう言うとリリィは大聖堂の上空へ飛び立っていった。

「リントくん、私たちも念の為、大聖堂に行っておこっか」

「ああ」

人柱なしの術式は展開できないだろうが、そもそもこの神都に用意された術式の仕掛けを何とかしてしまえば、それだけでもこの状況は収束できるはずだ。

神都では力が出ないベルとバロンには一旦待機してもらって、二人で大聖堂へ向かった。

「ほんとリントくん、あっという間に強くなったねぇ」

走りながらビレナが声をかけてくる。

「ビレナと出会ってから目まぐるしく色んなことに巻き込まれてしがみついてるだけだったけど……

そうなんだな」

「ふふ。ちゃんとついてこれるのがすごいんだよ、Sランクに」

「そりゃ、結構加減してくれてるだろ？　今だって」

本気でビレナがスピードを出せば流石に俺じゃ追いつけない。ビレナの速度はSランクの中でも一級品なのだから。

「流石にもう、今のリントくんだと振り切るのは難しい気がするんだけどなぁ」

「振り切ろうとしないでくれよ……見失ったら困るから」

「ふふ……ま、いっか。さて着いた着いた！」

大聖堂の入り口に立つ。正面から見るよりも圧倒的な荘厳さに少し気圧されるが、そんなこと言ってる場合ではないな。

「おい！　何者だ⁉」

「キラエム様に面会したければ――」

ほとんど一般市民にしか見えない装備も整っていない兵士が現れたがビレナが無視して吹き飛ばした。

大丈夫か……？　まあ大丈夫か、あとでリリィが広域魔法で一斉に回復するだろう。

「リントくんも手加減しなくて大丈夫だからね！」

「ああ……」

ビレナの勢いを見てるとむしろ、人質まで見境なく吹き飛ばしそうだ。相手への手加減がどうとかよりそれを止めることに集中したほうがいい気すらしてくる。

「侵入者！」

「キラエム様のいないときに……」

続々集まってくる兵士たちだが、一人が上を見上げて声を放ったことで俺たちから注意が逸れた。

「おい！　あれ見ろ！」

「は？　この忙しいときに……え？」

兵士たちの目が大聖堂の頂上に向く。

リリィが現れたんだな。

「皆さん、聖女リリルナシルです」

これまでと同じく、拡声魔法を使う。神都は拡声魔法装置が配備されているようで隅々まで声が行き届くようだった。

「リントくん、急ごう」

ビレナについていけば注意の逸れた兵士を振り切るのは難しくない。

あっさり侵入すると、ビレナがこう言った。

「こういうとき、最後の悪あがきで後先考えずに何かやらかしちゃうのは、お決まりだから」

「なるほど……」

「リントくん、人質救出と、術式を止めるの、どっちがいい？」

笑顔で聞いてくるビレナ。

「俺が人質のほうに行くよ」

「ふふふー、好みの子がいたら教えてねー！」

「そのために行くみたいな言い方をしないでくれ……」

ここに来てもやはり緊張感がないまま、二手に分かれて地下の牢に向かった。

◇

ビレナと別れて牢のある場所まで向かった、そのはずだったが。

「あれ？　リントくん？」

「ん？　ビレナが何でこっちにいるんだ」

「んー、何となく術式の匂いをたどってきたらここだったの」

術式って匂いがするのか……。新事実すぎる……。

「まあ、こういうのも予想はしてたっていうのも、あるかも」

ビレナの視線の先には牢につながれた生気のない人々がいた。

キラエムはすでに、逃げられない人質を作っていたということだ。

「ひどいな……」

術式は人質自身に埋め込まれており、ビレナの感覚の正しさが証明されている。今回に限っては外れてほしかったが……。

「どうしよっかね。リントくん」

壊す専門のビレナにこの状況を打破するのは難しいだろう。

かといって俺に何かできるわけでもない。

「専門家を呼ぼう」

悪魔召喚は一度テイムしてしまえば精霊召喚と原理は同じ。カゲロウを喚ぶのと同じ要領で、ベルを召喚した。

「何だご主人……ああ、これか」

人質を見てすぐに理解するベル。

「悪趣味な男だな……」

「何とかできないか？」

「まあ手っ取り早いのはここにいる者たちを皆殺しにすることだろうが……ご主人がそれを望んでい

ないのであれば……二つ方法がある」

「おお」

さすが悪魔、闇魔法のことは頼りになる。

それにこの短期間で人間に寄り添ってくれたことに感動した。

「一つは……聖女による広域回復魔法による解呪だが……」

ちょうど上で喋っていたリリィの言葉が途切れたタイミングだった。

神都にはクーデターに巻き込まれた怪我人が多数いることがわかっている。だからリリィは神都全域に及ぶ超広域回復魔法を行使してみせた。

本当に神の使いみたいだな……。

「全く……広域回復といえば聞こえはいいが、これは悪魔にとっては聖属性の無差別攻撃だ……」

ベルはそう言って表情を歪める。俺たちは疲労が回復するような感覚が得られるが、ベルには攻撃魔法になるんだな。大した効果はないようだが。

そしてこれは今回の闇魔法に対しても同じことが言えてしまった。

「全然効いてないねぇ」

ビレナが人質になっていた人間たちを見て言う。未だ生気もなく、身体に妙な紋章が刻み込まれたままだった。

「ふむ……」

「で、ベルちゃん、奥の手？」

「そうだな……これはあまりお勧めはできないが……ご主人たちなら何とかするだろう」

「どういうことだ？」

ベルが手をかざし闇魔法が展開される。

神都では力が阻害されると言ったがある程度はいけるようだ。そのとんでもない魔力の余波を受けて、周囲に風が舞い上がっていた。

「本来であれば私がすべての瘴気と呪いを上書きしてやればいいんだが、そこまでの余裕はない。こやつらに込められた瘴気と呪いを外へまとめて放出する」

「そんなことできるのか……」

「できる。ただご主人、この作戦には問題があってな……」

人質たちはまだ生気は戻らないものの、黒い瘴気は徐々に晴れてきた様子が見て取れる。

その代わりに……。

「あ、わかったかも」

「察しが良いの。というわけだ。ご主人、頑張れ」

「え？」

大聖堂をぶち破って黒い塊が外へと飛び出していった。

「キラエムとやらの闇魔法の術式、この者たちから吸い取った魔力、それらを増幅させる呪い、さらに私の魔力も乗っておる」

「最後のが大きくない？」

「そんなことはないぞ？」

目を逸らすベル。多かれ少なかれ影響があるということだな……。

悪魔の魔力でできた、魔人のようなものを相手しないといけないということだ。当然、強い。

「と、いうわけだ。心してかかれ。おそらくご主人たちのパーティーを揃えて戦う必要があるぞ」

「ビレナだけじゃ足りないのか……」

これまでの相手はどんなものでもビレナ一人でぼこぼこにできたというのに。

「リントくん、多分言ってる通りだよ」

そう言うとビレナは拳を突き出して衝撃波を繰り出したが、黒い塊にぶつかって弾けただけで、全くダメージが入っているようには見えなかった。

「あちゃー」

黒い塊はゆっくりと動きだす。

神都を飲み込むようにして……。

「大丈夫かあれ……」

あのへん、誰もいないよな……？

いなかったと信じよう。大聖堂に高さで張り合う化け物と周りを気にして戦うのは無理だ。

「ご主人さま！　ビレナ！」

「リリィ」

「すみません。私がすべて飲み込めるほどの力があれば良かったのですが……」

確かに最善はリリィの魔法で何とかなることだったが、リリィを責めるわけにいかないだろう。

黒い塊を見上げるリリィ。

ちょうど良くバロンも追いついてくる。

「ただごとではないと感じたので民間人はすべてこの大聖堂に集めさせたが……」

「それがいいでしょう。ここさえ守ればいいとわかれば動きやすいです」

さて……揃ったはいいとして、あの相手とどう戦うかだが……。

「パーティー戦だねー」

テイムブーストを発動したビレナとリリィ。

俺にも翼が生えたこともあり、バロンがこう言う。

「ふむ……地上と空で連携も取れるであろう、これなら」

「そうですね」

ビレナ、リリィ、バロン、ベル、そして俺とカゲロウにキュルケ。Sランク級が集まった史上稀に見る豪華パーティーだ、

「しかしあれ、闇魔法の塊ではなかったのか？　聖女殿の魔法でなぜ消えない」

「あやつにはもはや属性などといった概念はないぞ。少しずつ削り取るしかないぞ」

バロンの声にベルが答える。

「あ！　じゃあさっきのはちゃんとダメージになってるんだね！」

「多分……だがな」

自信なさげに言うベル。この状況にそれなりに責任を感じてはいる様子だった。

「もうこの際、神都への被害は無視してやるしかありませんね」

「仕方あるまい……」

故郷組《リリィとバロン》がそう言うならそれに甘えようかと思ったが……。

「周囲の被害を食い止めるくらいのことは力の出ない神都でも何とかなる。ご主人、あとは任せた」

「ベル？」

返事をしたときにはすでにベルの姿は消えている。責任を感じたことによる気まずさから逃げた感じが強い。意外と可愛いやつだな……。間違いなくこの中で一番強いのに。

とりあえず、ベルが大丈夫だと言うならいいだろう。思う存分やろう。

◇

「初めてのパーティー戦だねぇ、リントくん！」

ビレナはどんなときも楽しそうだ。

「前衛はバロンに任せるとして、ご主人さまはどこがいいでしょう？」

「そんな自由に決まるもんなの？」

パーティーって結構バランスとるの大変って聞いたけど。

ちなみにテイマーが嫌われる理由はこのパーティーで中衛しかできないところにもある。

前衛職と後衛職はスペシャリストだが中衛は言ってしまえばいてもいなくてもいい。期待されるのはビレナのような大火力やリリィのような万能性だ。

テイマーはほとんどの場合中途半端になる。ただ、今の俺なら……。

「例えばだけど、ご主人さまの場合ギルに乗って竜騎士として前衛から中衛もできるし、カゲロウの火力を生かして後衛で固定砲台までできちゃうんだよね」

「キュルケちゃんが何かあったときの守備要員になるしね」

バロンも前衛から中衛ができる騎士。ビレナも範囲は同じ拳闘士。リリィは回復だと後衛だが根本的なステータスが高いので何なら自己回復し続ければ前衛まで張れる。選択肢が多すぎて最善がわからない。

「竜騎士がいいかな？」

見透かしたようにビレナが言う。

まぁ、憧れはなくはない。それにちょうど良く、喚んでいたギルがやってきてくれている。

「ふふ。ご主人さま、せっかくならやっちゃお？」

「うむ。前衛は任せろ」

「じゃ、行こうか」

「グルル！」

ギルが頭を下げて俺を乗せる。俺もカゲロウを纏ってギルが自由に動きながら攻撃できる準備を整えた。キュルケにガードを任せれば俺は完全に遊撃に集中できるので、カゲロウの炎を完全に攻撃に割り振ることができる。

あの柄しかない魔法剣が、ここで生きるだろう。

「よし……行くぞ」

まずバロンが地を蹴った。次の瞬間には黒い塊まで肉薄し、斧を振り下ろして衝撃波を生み出していた。

「俺と戦ったときは本気じゃなかったのか……？」

「ご主人さまのテイムのおかげでしょうね」

リリィがそう言って天使化を発動し空へ飛ぶ。広域回復を常時解放して俺たちを守るつもりのようだ。

同時に無数の聖属性魔法を敵に放っているあたり流石すぎる……バロンに言わせれば今向かい合っている敵とどっちが化け物かわからないレベルと言っていたが、気持ちはわかるな。

相手も相手でバロンを鬱陶しそうに打ち払いながら闇魔法をリリィへ向けるが、半分以上が相殺されそれ以外はリリィに当たることなく虚空へ消えていった。

「よーし、じゃあ行こっか！　リントくん！」

「ああ」

ギルに合図を送って空へ飛ぶ。

リリィへ飛んでいた闇魔法がこちらへと向くが、ギルが曲芸飛行を見せてすべてかわした。一部はキュルケが打ち返してくれたので相手もダメージを負った様子だった。

「にしても、これ前衛だけでいけるんじゃないか……？」

「ふふ、張り切ってるね、バロン」

ビレナはそう言いながらバロンを援護するように衝撃波を飛ばし、時折自分も相手に肉薄してダメージを負わせている。

「こっちもやるか！」

「グルルルルゥアアアアアアアアアアアア」

マグマ状のギルのブレス。

相手が初めて嫌がる素振りを見せ――

「バロン！」

爆発したかのように自分の身体の一部である黒い塊をバリアのように展開させた。ここから見れば防御であるが、近くで戦っているバロンからすればあれは立派な攻撃だ。これまでそれらしい動きをしていなかったこともあってバロンはまともに黒の奔流に巻き込まれていた。

「カゲロウ、やるぞ！」

「キュキュクー！」

手のひらに炎を纏い、そのまま存在しない剣身を生み出し、それを徐々に伸ばしていく。

どこまでも伸びる魔法剣は、もはや槍に近い。

「行くぞ！」

槍状の炎が螺旋を纏って黒いバリアにぶつかって弾けた。

「おーりゃ！」

炎槍の威力でよろけた相手に向けて無数の衝撃波がビレナから放たれる。見る見るうちに黒い塊がその体積を奪われて散っていく。

「バロンは？」

「大丈夫ですよ、ご主人さま」

リリィの広域回復が消えたと思っていたが、その力はまともに攻撃を受けたバロンへ向けられていたらしい。

さすがに原型さえ留めていれば治してみせると言っただけある。回復を受けたバロンから光が放たれた。

「うぉおおおおおおおおおおおお」

俺にやったときと同じ。地面に向けて振り下ろされた斧から地を這う光の龍が生み出され、黒い塊を蝕んでいく。

チャンスだ。

「もう一発行くぞ、カゲロウ」

「行っくよー！」

「私も」

それぞれの攻撃が黒い塊へぶつかり弾けた。苦し紛れに放たれた闇魔法をキュルケが打ち返す。

「きゅきゅー！」

爆発のせいで視界から相手が消えた。

流石にこれだけの攻撃を受けたんだ、相手もかなりダメージを受けたはず……。

いや、警戒は解いてはいけない。

そう、思っていたはずだったのに……。

「え？」

このメンバーが全員揃って戦う必要があるという事実にもう少し、真剣に向き合うべきだった。

「ご主人さま！」

目の前に迫る黒い腕のような何か。

黒い塊は巨体で動きが鈍いと信じ切ったことも災いした。実体のない魔力の塊など、物理法則に左右されないことはわかっていたはずなのに。

「リントくん！」

ビレナが何とか腕を払いのけようと動いたのが見えた。バロンは動けずにいたものの顔を歪めていた。世界がゆっくりに見える。キュルケも間に合わないのに必死にこちらへ剣を伸ばしてくれていた。

ギルを巻き込むことに申し訳無さを覚えながら、すべてを諦めかけたときだった。

「全く、世話の焼けるご主人だな」

「ベル……！」

「ここまで弱っていれば今の状態でも十分相手できよう」

俺に迫ってきていた腕を弾き飛ばしたかと思えば、その勢いのままに周囲に無数の魔法陣を展開していく。

「見ておれご主人。七大悪魔の実力を！」

ベルがそう告げると、魔法陣から一発一発がカゲロウやビレナの必殺の一撃と言えるほどの威力の魔法を乱発する。

「ぐ……が……？」

黒い塊が一瞬だけうめき声を上げて何もできずに小さくなっていく。

「終いだ」

ベルの背後に極大の魔法陣が浮かび上がり……。

――ズドン

鈍い音とともに、ベルの放つ魔法が黒い塊を飲み込んで消えた。

◇

「ご主人さま！　大丈夫ですか?!」

「あ、ああ……何ともない。ベルのおかげで……」

「良かった……！」

涙目のリリィに抱きつかれる。

それだけあの攻撃はやばかったんだろうな……。良かった。

ビレナもすぐに駆け寄ってきてくれた。

「リントくん！　良かったぁ……」

「流石にあれは死んだかと思ったな……」

バロンも心配してくれているが、ダメージはむしろバロンのほうが大きいはずなんだけど……。

「バロンこそ大丈夫か？」

「ああ、そのための前衛だ」

強がりではなく本当にダメージがなさそうだ。リリィの回復ももちろんすごいが、バロンもやっぱりすごいな……。

「きゅ……」

「グルルゥ」

「ごめんな、お前らにも怖い思いさせて……」

キュルケはあれ以来俺のもとを離れようとしない。

ギルも相当な恐怖を味わったはずだが俺を心配するように顔を寄せてきた。撫でてやると気持ち良さそうに鳴く。

「全く……油断するからああなる」

「助かったよ」

ベルも口調こそそんな様子だが、かなり心配してくれていることは伝わってきていた。

にしても……周りにビレナたちが揃っていたというのに死を覚悟した程度には、強敵だった。もともとベルが作り出した部分もあるという負い目からか、妙にそわそわ不安そうにするベルを撫でて、周囲を見渡した。

「半壊って感じか」

「あれだけ暴れさせてこれで済んだのを褒めるが良い」

「ありがとな、ベル」

撫でられると気持ち良さそうに目を細める。

まだまだやることは残っているだろうけど、ひとまず戦いが終わったことだけは確かなようだった。

◇

あのあと、すぐリリィは戦後処理に走り回ることになり、バロンも事態の沈静を図って別行動になっていた。今は武装勢力を取り押さえながら神都の状況を確認してくれているところだ。

ビレナも面白そうだから、とバロンについていったが、俺は大聖堂の中にある一室で留守番と言われていた、リリィいわく……。

「ご主人さまはこの国のトップになるので、軽々しく姿を見せないほうが良いです」

とのことだった。

「手持ち無沙汰だな」

「少しは休んでもバチは当たらんだろう。人間は働きすぎだ」

「きゅー」

なぜかキュルケもベルに賛同するように鳴いて俺の周りをふわふわと飛ぶ。

まあ確かに、久しぶりにじゃれあえるいい機会か。

「そういえば、悪魔ってみんなそんな露出度高い服なのか？」

「どうしてそういう話題しか出てこんのだ！」

いやまぁ……気になるよな。

改めて見てもデザインがエッチすぎる。もしこれでプロポーション抜群の悪魔が出てきてくれると
いうなら、俺も悪魔召喚を覚えたいと思えるくらいだ。

「全く……服装など悪魔による、としか言えん。これは動きやすさと、純粋な力で負けぬからできておる装備だ。普通の悪魔はもう少し着込んでおるだろう」

「そうか……」

「露骨に残念そうな顔しおって……」

「ちなみにベルは成長する見込みあるのか？」

「どこまでも失礼だな……別に形にこだわっておるわけではない。やろうと思えば……ほれ」

「え……？」

ベルが大人になっていた。

だが……。

「やはりこの姿が楽だな」

「ええっ⁈　もうちょっと維持してくれてもいいだろ」

「うるさい！　ご主人はこの身体でも欲情できるであろう！」

「それはそれ！　これはこれ！」

ロマンに関わる部分だ。

一瞬見せてくれたベルの大人モードは、それはそれは抜群のプロポーションを持った妖艶な美女だった。今のちんちくりんな姿からはまるで想像できないボリュームもあった。

一度あんなお姉さんとシてみたいと思うのは男なら当然だと思う。

「ほれ、アホなことをやっておったらあっという間だったであろう」

ベルの言葉に振り返ると、リリィたちが戻ってきていた。

「おかえり」

「お待たせしてしまいました。しばらくこちらで過ごすことになると思うので大聖堂も修復して、生活できる環境を整えたのでこちらに」

「しばらくこちらで……？」

「ビハイドの動きがあるまでこっちにいないといけないのと、こっちの復興もね？」

「ああ、そうか」

流石に大貴族であるビハイドと王国内でやり合うわけにはいかない。

神国に攻めてくるのは時間の問題だろうということで、俺たちは復興を進めながら待つことになった。

◇

「しかしビレナ殿がいると、残党狩りもあっという間だったな」

大聖堂の一室。自宅と同じような造りの寝室に集まった俺たちは、改めて今後のことについて話し合いを始めた。

まずはお互いの報告からだったが。

「にゃはは。まあほとんど戦う力がない相手だったしねー」

「もうほとんど捕まえたんだっけ？　キラエム派は」

「そうだな。だが、我々からすれば教皇派でさえも敵だろう、まだ残っている」

「それは楽しみ」

ビレナが笑うのを見て、バロンも呆れたように苦笑いしていた。

「リリィのほうは……？」

「国内の信用できる有力者には私から声をかけてきたので、このクーデターで捕らえられていたり身を潜めていたりした人間も、明日には動きだせるはずです」

「すごいな……」

バロンとビレナが主に敵を倒すために動いたのに対して、リリィは味方を集めるために動いた一日だったらしい。

有力者はすでにキラエムの手にかかった者も多くいたようだが、それでも、バロンを中心に国を回せる程度には残ってくれていたという。

「建物はリリィの再生魔法でもうほとんど直ってるし、あっという間だな。本当に」

いち早く動きだしていたリリィとバロン、ビレナによって、本当にたった一日ながらほとんどのことは終わっている様子だ。

「あとは国民を振り向かせられるかどうか、ですね」

リリィが俺に笑いかける。

「そうか……俺が頑張らないといけないのか……」

お飾りとはいえ国のトップに祀り上げられることになるんだ……。

「まあもともとクーデターが起きるような国だったんだし、心配しなくてもトップが変わって嫌な顔しないって！」

「そうだな。私たちが残党狩りをしている間にもキラエムがしでかしたことは国民たちの噂の種になっている。もう国民の心は聖女殿にしか向いていないだろう」

ビレナとバロンがそう言って励ましてくれる。

「私のほうもすでに今後国を動かす者たちと話してきましたが、ご主人さまを神の遣いとして教皇に代わる新たな国の代表とすることについては、異論は出ていません」

「すごいな……」

普通なら上が空いたならこぞって奪い合うかと思っていたが……。

「ああ、権力争いをしたがるのはキラエムか教皇のどちらかについてたから、これでいなくなったのか」

「そういうことです。残っているのは純粋にこの国を思い、神を信じる敬虔な僧ばかりですから」

随分平和的にいけそうだと思ったが、現実はそう甘くないということをバロンが説明してくれた。

「それでも混乱は続く。幸い教皇たちが生きているのでそちらを利用する」

バロンの言葉は言外に教皇の処刑を意味している。

そういう役回りは今後もバロンに押し付け続けることになるんだろうな……。

「悪いな……」

「気にするな。お飾りとはいえリント殿はトップだ。色々と顔は出してもらうことになるぞ」

「影武者とか用意したほうがいいかなあ？」

どこまで本気かわかりにくいビレナの言葉は一旦スルーした。

「ま、だいたいのことはバロンと残った為政者たちに任せられそうです」

お飾りのトップは俺。

精神的支柱にリリィ。

そして実質のトップにバロンという布陣だ。

「じゃあそろそろ別行動かなー？　リントくんが挨拶みたいなことだけしたら、一旦王国に戻ったりする？」

そういえばクエルも終わったら来いと言っていたし、ヴィレントや国王にも色々説明が必要だろうな。

「そうか。しばらく会えなくなるのか」

「ふん……一度は殺そうとした相手だぞ？」

バロンはそう笑うが何だかんだ寂しい。

あと、常識人枠の損失が大きい。

「国がもう少し安定してから合流かなー？」

ビレナがそう言うと、バロンも笑って答える。

「そうだな、そのときはまた、よろしく頼む」

と、そこにそれまで静かにしていたベルが口を挟んだ。

「ん？　お主らに距離の問題などあってないようなものであろう？」

「流石に神都と、どこに行くかわからない俺たちじゃあちょっと付き合わせきれないと思うぞ……？」

神都での仕事があるバロンを冒険に付き合わせるのは難しいだろうし、かといってバロンが必要になるような強敵とぶつかるタイミングだけ都合良く喚びだすというのも、これから国を任せる場合現実的じゃない。

そのときだけ来られるならともかく、移動まで考えればまず不可能だろう。

そう思っていたんだが……。

「転移を修得させれば良かろう」

「転移って、そんな簡単にできるのか？」

「幸い闇魔法の適性があろう、その者には。あとは聖女、あれも回収してきたのであろう？」

「よくわかりましたね……」

あれって何だ？　と思っているとリリィが収納袋からいくつかの書物を取り出す。

書物にはあの、独特の模様が記されていた。

「星の書……」

「キラエムが所持していることはわかってましたからね。すぐに回収しました」

「ということは……呪術士の書か」

「はい。ページは揃っていませんでしたが、ご主人さまと向かったあの遺跡で手にした書物とつなぐと、おおよそ補完できることがわかっています」

「それって……」

ビハイド領にも呪術士の書があったということになる。

というより……。

「キラエムとビハイドのつながりは、闇魔法に関連することか？」

「その可能性は高くなりましたね」

だとするとまた、このくらいの敵との衝突を覚悟する必要があるわけか……。

「あ、転移の話だったか」

脱線してしまった。ベルに話を戻す。

「うむ……それがあれば、適性のあるこやつならすぐに覚える」

「ベル、星の書のこと詳しいのか？」

「残念ながらご主人の期待するような情報は持っておらん。ただその書物は昔こちらに召喚されたときに見たことがあってな。独特の気配だからわかっただけだ」

そうなのか……。だがまぁ、ベルのお墨付きということであればそれだけ信頼できるだろう。

リリィが収納袋から取り出しバロンに渡す。ベルに従って何ページかめくるとバロンが何か唱え始めた。

「リントくんはあれ、読める？」

「いや、落書きにしか見えない」

「にゃはは一。私もだ一」

適性がないとガラクタになる書物。

あの洞窟のような遺跡にずっと置かれていた理由もこれだったしな。

そんなことを考えているとバロンが声を上げる。

「おお、これは……」

「ふふ。闇魔法の真価は異界の操作だからな。今自分のいる空間ごときコントロールできずしてそれは果たせぬ」

バロンの後ろにはキラエムが使っていた転移門が開いていた。その奥にはリリィに魔改造された我が家が見える。

「何……これ？」

そこには例の際どいメイド服を着て掃除をするミラさんの顔も見えた。

わざわざあの服で過ごしているのか。律儀だな……。いや、実は癖になってるとかならちょっと、それはそれでいいけど。

「おー、すごいね！　これ！」

「え、何なのよ⁉」

「これは便利ですね……ほらご主人さま、いつでもミラのおっぱいを揉めますよ」

「はぁ……まぁあんたたちがわけわからないのは今に始まったことじゃないわね……ほら、触るの？」

触りました。すっかりミラさんも慣れた様子だ。

一旦ミラさんに状況を説明して、改めてベルのレクチャーの続きとなった。

「さてと、ご主人、この者がこれで自由に行き来できるようにはなったが、どちらかといえばご主人が呼び出す機会が多かろう？」

「まあ、できるならそうか……？」

確かにこれではバロンがいれば自由に行き来できるが、バロンがパーティーから離れることが多いのだからあまり意味はない。

「精霊召喚を覚えておるご主人ならば、不完全ながら従魔召喚のまがい物はできるな？」

従魔召喚。

テイマーなら憧れはずっとあった。

そしてベルが言う通り、まがい物程度であればおそらくできるだろうという予感がある。

キュルケくらいなら多少離れたところからでも召喚できそうだなとは思っていたところだ。

「この者へ使ってみよ」

ベルがバロンを指して言う。

「人に使うのは何か……抵抗があるな」

「その抵抗を捨てよ。私や炎帝狼と同じだ。この者はご主人の手足、それを望む者だ」

バロンと目が合う。ベルの言い方は少し気になったものの、バロンの表情に否定の意思は感じ取れなかった。

「じゃあ……」

「イメージが固まらぬうちはスキルを声に出すと良い。歴戦のテイマーたちが皆最強の手札と謳う必須スキル。ご主人は今やこの地上で最も優れたテイマーの一人。確実に覚えておくべきだ」

ベルの言葉にビレナたちもにこやかに微笑んでいた。流石にまぁ、そろそろ自分でも自信もついてはきているにしても、こういう必須スキルや冒険者としての経験値を思えばまだまだだと思わざるを得ない。

まずは一歩ずつだな……。

「サモン！」

目の前にいたバロンが吸い込まれるように転移門を通り、俺の背後に吐き出されるように転がり出してくる。

「転移門を出したままであればこうなるが、しばらくはご主人の召喚に気づいてから転移門を出してアシストするのが良かろう」

転がり出たバロンがすごい体勢になっていたので手を差し伸べる。すかさずリリィが回復していた。

「なるほど……」

まあでも、これならバロンには必要なときにパーティーに加わってもらえるわけだ。

「じゃあバロンは、リントくんの家から出勤もできるわけだね！」

「そうなるな」

「ちなみにだけど、バロンの着替え中とかに突然喚び出せちゃうの？」

「高度な露出プレイですね」

ビレナとリリィが悪巧みをしているがベルがそれは否定した。

「流石に召喚される側も対抗はできるからな。今の力関係では嫌なときに応じないくらいの自由はある。むしろ今はご主人が不慣れなせいで、喚びだされてから転移門で補助してぎりぎりといったところだからな」

「本来の従魔召喚ならどうなんだ？」

「そうだな……基本的には双方の同意で召喚は成立する。力量差があれば別だがな」

「待て、ベル。それだとリント殿が強くなったときは自由に喚び出されるように聞こえるのだが……」

バロンが冷や汗をかく。

一方ベルは笑いながらこう答える。

「その分強くなれば良いだけだな」

バロンはうなだれていた。

とはいえ直近で伸び代が大きいのはバロンだ。呪術士の星の書は適性を考えバロンが持っている。

あれが修得できればまた段違いに強くなるだろう。

「強くならないと……」

「志は立派だが今言われても不安しかない……」

バロンを全裸で強制召喚できると考えれば、それはそれで楽しいだろう。

「いい笑顔ですね、ご主人さま」

「まあややこしいことしないでもちょっと露出に目覚めてる気もするけどね？　バロン」

「目覚めてなどいない！」

強めに否定するバロン。そうか、だったらいいかもな。

「そういえば、その星の書は完成されてるんですか？」

「いや、かなり抜けているように見えるな」

「もしかして……」

リリィが取り出したのは、同じ模様の描かれた紙だ。

「これは……！　抜けていた部分が埋まっていく」

「良かった。ご主人さまと一緒に行ったあの遺跡のものです」

「これでちょうどページは揃ったが……特段抜けているページに意味を感じないな」

「もしかしたらキラエムとビハイドで分けてたのか？」

「それにしてはバラバラすぎましたから、分けていた、ではなく取り合っていたと考えると不思議ではないかと」

「確かにそうか」

とにかく、これでビハイド家、キラエムのそれぞれの闇魔法より強力なものが理論上使いこなせるようになるということでもあった。

「私が早く使いこなさねば意味はないがな」

「その点は大丈夫だろう。この世界のものとしては圧倒的な適性がある」

「そ、そうか……」

ベルのお墨付きをもらい照れるように顔を逸らすバロン。リリィはそれを優しく見守っていた。

エピローグ

神国でお飾りのトップとしての挨拶を済ませ、俺は改めてまたフレーメルギルドにやってきていた。

クエルが言っていた話したかったこと、というのが妙に気になって、王国に戻ってすぐ、一人でギルドに向かった。

前回同様、入ってすぐに応接間に招かれる。

前回と違うのはもう俺を侮って見てくる冒険者がいなかったことだろうか。流石にフレーメルの冒険者は皆、情報の重要性を理解しているようだった。

「いやぁ、本当にやってのけるとは……ねぇ？」

クエルはもはや笑うしかないといった様子だったが、ルミさんはもはや喋る余裕すらないようだ。

表情が固まっている。

「さて、わざわざ来てくれて、それも真っ先に来てくれて本当に良かったよ」

クエルが笑う。

「急いだほうがいいと思ったからな……」

「ああ、その直感は実に正しい。何せもう君たちの次の敵は、動きだしているからねぇ」

クエルの表情からいつもの道化が薄れる。

「ビハイド辺境伯が動いたか」

その名を出した瞬間、ルミさんの肩が一瞬跳ねた気がした。

王国を代表する大貴族。その一角が明確に敵対したという事実が、口に出した途端重くのしかかってくる。

「許せなかったんだろうねぇ。テイマーが活躍することが」

クエルは知っているかはともかく、俺たちからもちょっかいをかけた手前何も言えない部分はある。

だがどうしても気になることもあった。

「どうしてビハイド辺境伯は、そこまでテイマーを恨んでるんだ？」

俺の問いに、クエルは待ってましたと言わんばかりにこう答えた。

「話そうじゃぁないか。ビハイド家に起きた悲劇について……ねぇ？」

フレーメルギルドマスターであるクエルの、ピエロのような化粧の奥には、未だかつて見たこともないような激情が見え隠れしている。


そこで俺は先々代のビハイド辺境伯が起こした悲劇を知ることになる。

それは、テイマーとしてのあり方を考えさせられる大きな事件だった。

あとがき

お世話になっております。すかいふぁーむです。

二巻、いかがだったでしょうか。


一巻に引き続きWEB版から大量加筆を加えてあります。

リントの目覚ましい成長ぶりを一緒に楽しんでいただけたら幸いです。……まぁ、一巻の時点でだいぶ鍛えられていたんですが……二巻でも随分しごかれて更に強くなったと思います。

作中ではSランク級とまで評価を受けているバロンを相手にしても、従魔と一緒なら勝てることを示しました。

そしてパーティーメンバーにはどんどん強いキャラが加わり、個人だけでなくパーティーとしても、どんどん冒険者の出世街道を駆け上がっていく爽快感をお楽しみいただけたらと思います。

そしてもちろんエロシーンもしっかり加えさせていただきました。

二巻は新キャラとしてバロンとベルという、二人のヒロインが早速エッチな目にあってましたが、これでいよいよ獣人、聖女、ダークエルフ、悪魔と、リントくんのパーティーもいよいよおかしなメンバーになってきたかなと思います。

一巻で登場していたビレナとリリィは、どちらかというとリントくんを食う攻めっ気の強いキャラでしたが、バロンとベルは攻められる側です。

全身鎧の騎士、しかも敵だったバロンが、目を潤めて許しを乞うとか、ちょっと野外でひどい目にあっちゃうとか、私の非常に好きなシチュエーションを書けました。

ベルは本来の力は作中最強でありながら、日常シーンでは良いように弄ばれるというとても愉快なキャラクターです。

ビレナは巨乳、リリィは爆乳、バロンも大きい中、貴重なロリ枠！

しかも悪魔だから合法です!!!

キャラデザが上がってきたときからテンション上がりっぱなしでした。こんなエッチな格好したロリっ子が一番強くて、一番年齢が上で、一番の常識枠に成長していきます。

とまぁ、新キャラたちの活躍もありましたが、ビレナは相変わらず軽いノリでエッチもバトルもこなしますし、作家仲間に「この身体で聖女は無理がある」と言わしめたリリィも表紙を含め活躍してくれました。

『脱法テイマー』は、ＷＥＢ連載時になかったエロシーンを含め、大量の加筆によって完成に至った作品です。そしてこの加筆以上に書籍版の『脱法テイマー』を支えてくださっているのが、大熊猫介先生の素晴らしいイラストです。

いつも本当にありがとうございます。ラフを含めイラストを見る度どれもこれも素晴らしくて感激していました。これからもよろしくお願いします！

また担当していただきました編集Ｋさん。

今回も大量の加筆にあたって大変お世話になりました。ＷＥＢ発作品とは思えないほど二人三脚で進めていただき感謝に堪えません。

そして本書に関わっていただいた全ての方々、ありがとうございました。

最後に、こうして本書をお手に取っていただいた皆様、本当にありがとうございました。

ぜひ引き続き、よろしくお願いします！

すかいふぁーむ

イラスト：真鍋譲治

GC NOVELS

脱法テイマーの成り上がり冒険譚 2
～Sランク美少女冒険者が俺の獣魔になってイマす～

2021年9月5日初版発行

著者 すかいふぁーむ

イラスト 大熊猫介

発行人 子安喜美子

編集 川口祐清

装丁 森昌史

本文DTP／校閲 鷗来堂

印刷所 株式会社エデュプレス

発行 株式会社マイクロマガジン社
〒104-0041 東京都中央区新富1-3-7 ヨドコウビル
［販売部］TEL 03-3206-1641／FAX 03-3551-1208
［編集部］TEL 03-3551-9563／FAX 03-3297-0180
https://micromagazine.co.jp/

ISBN978-4-86716-177-7 C0093

本書は小説投稿サイト「小説家になろう」（https://syosetu.com/）に掲載されていたものを、
加筆の上書籍化したものです。